우리가 인생에서 놓치지 말아야 할 것들

우리가 인생에서 놓치지 말아야 할 것들

'인생은 영원하지 않다'는 사실을 기억하기

전인기, 전주영 지음

책읽는귀족

인 생 에 서
놓 치 면 아 까 운 것 들

—

아침에 출근할 때 엘리베이터를 막 놓치거나, 출근 버스를 놓칠 때, 우리는 몹시 안타까워한다. 하물며 인생에서 정말 소중한 것을 놓치고 산다면 어떨까. 매 순간 알아차리지는 못하지만, 우리는 많은 것을 놓치며 살고 있을지도 모른다. 바쁜 일상 속에서 우리가 결코 놓쳐서는 안 되는 우리 인생에 관한 이야기를 이 책에서 해보고자 한다. 아름다운 인생을 위해서 우리는 무엇을 기억하면서 살아야 하는 걸까.

이와 관련해서 맹인견 이야기를 먼저 해보고자 한다. 맹인견으로 선정되면 맹인견은 마음대로 짖을 수도 없고, 실컷 먹을 수도, 달릴 수도 없으면서 칭찬도 제대로 받지 못하고 그렇게 주인의 곁을 지키다가 간다. 그것이 맹인견이다

일본의 홋카이도에는 맹인견 양로원이 있는데, 그곳은 나이가 너

무 들어 맹인안내견 역할을 제대로 할 수 없는 개가 여생을 보내는 장소다. 그런데 이곳에서 함께 생활하던 맹인과 맹인견의 이별 장면이 TV로 방영된 적이 있었다.

10년이나 같이 생활했던 어떤 할머니와 개가 헤어지는데, 앞을 보지 못하는 할머니와 맹인견은 한 시간쯤 꼭 껴안은 채 움직이지 않고 있었다. 이 광경을 한참 동안 바라보던 담당 직원이 강제로 떼어 놓아 작별하기는 했는데, 차를 타고 양로원을 떠나는 할머니가 창문 밖으로 몸을 내밀고 눈물을 흘리며 "잘 있어, 안녕!" 하고 개의 이름을 부른다. 자신의 이름을 부르며 사라져가는 할머니 쪽을 향해, 개도 꼼짝을 않고 멀어져가는 차 쪽만을 응시하며 움직이지 않는다.

맹인안내견은 이렇게 하도록 훈련을 받았기 때문에 마음의 동요를 겉으로 표현해서는 안 되고 짖어도 안 되니까, 차가 양로원 문을 나서서 저 멀리 사라져 가는데도 개는 헤어진 장소에서 한 걸음도 움직이지 않았다. 그리고 헤어질 때 모습 그대로 할머니가 사라진 쪽을 물끄러미 쳐다보고 있었다.

10년 동안 한시도 떨어지지 않았던 사람이 곁에서 없어진 탓에 충격이 너무 커서 몇 시간 동안이나 움직이지도 않았던 것 같다. 할머니하고 헤어진 것이 한낮이었는데, 해가 기울면서 비가 내리기 시작했다. 엄청나게 세찬 비가 내리는데도 그 자리에서 꼼짝 않고 할머니가 사라진 쪽만 바라보고 있던 개가 고개를 들고 빗방울이 떨어지는 하늘을 올려다보았다. 그러는가 싶더니 갑자기 웡! 웡! 하고 몇 번을 짖기 시작하며 눈물을 흘렸다.

고유한 자신만의 즐거움과
아름다운 삶을 추구하며

　요즘에는 혼자 사는 사람들이 많이 있다. 그런데 혼자 산다는 의미를 잘 못 해석하고 있는 사람이 많이 있는데, 혼자 산다는 것은 제멋대로 산다는 것이 아니다. 바로 사람들과 어울려 더불어 사는 삶 속에서 고유한 자신만의 즐거움과 아름다운 삶을 추구하며 사는 것이다.

　주변에서 보면 뛰어난 인재들이 스스로 재능이 없다고 포기하는 경우를 본다. 재능이란 우리가 사용하는 볼펜과 같다고 한다. 똑같은 볼펜이지만 메모지에 쓰면 낙서가 되고, 일기장에 쓰면 일기가 되고, 원고지에 쓰면 대본이 되듯이 재능은 어떻게 사용하는가에 따라 가치가 다르게 평가된다. 오늘도 재능이 뛰어난 정치인들이 이전투구하는 모습에 개탄하며 재능보다 중요한 것은 인생의 목표라는 생각이 든다.

　올바른 인생의 목표를 설정하여 삶의 의미를 바르게 알고, 맹인견처럼 그 무엇을 바라기보다 자신에게 주어진 책임을 다하며 사는 삶이 아름다운 삶이 아닐까 싶다.

친구의 소중함은 혼자 있을 때 느끼고, 연인의 소중함은 헤어졌을 때 느끼고, 부모의 소중함은 돌아가셨을 때 느낀다고 한다. 우리가 더불어 사는 삶 속에 나를 발견하고, 그 따뜻한 감정을 잃지 않는 내가 되었으면 싶다. 모든 것을 잃은 뒤 소중함을 느끼지 말고, 소중함을 미리 알고 주변을 챙기는 삶을 살아 보자.

산다는 것은 간단한 듯하면서도 복잡하다. 삶이 만일 단순하다면 왜 다들 힘들어 지쳐서 멈추고 싶어 할까. 그리고 때로는 막다른 골목길에 갇혀서 극단적인 선택을 할까. 뒤만 돌아보면 열린 공간인데, 앞만 보며 사니까 막다른 길에 다다른다. 앞만 보고 사는 삶, 행복할까. 이제 인생에서 우리가 놓치고 지나는 것들에 대해 생각해 볼 때가 된 것 같다. 요즘 우리는 너무 바쁘게 살아가고 있다. 그러나 소중한 모든 걸 놓치고 사는 건 아닌지. 인생에서 놓치면 정말 아까운 것들이 우리가 바쁘다는 일상 속에 가려져 모두 다 흘러가 버리고 있는 건 아닐까.

인간은 혼자이면서도, 혼자가 아닌 삶을 살고 있다. 인간은 저절로 하늘에서 뚝 떨어진 존재가 아니기 때문이다. 인간은 자신이 세상에 나오기까지 많은 사람과 인연을 맺고, 다른 사람들의 도움을 받으며 살아왔다. 지금 내가 혼자 있는 듯해도, 엄밀하게 말하자면 사실은 혼자가 아닌 셈이다.

이제 한번 자신의 삶을 똑바로 바라보자. 그리고 잊고 있었던 인생에서 놓치면 아까운 것들에 눈길을 돌리자. 지금부터 살고자 하는

우리가 인생에서 놓치지 말아야 할 것들

삶은 어떤 이들이 인생의 끝에 다다랐을 때 한탄하면서 놓쳐갔던 것들이다. 우리는 그런 실수를 되풀이하지 말자. 그러기 위해선 지금 당장 우리가 인생에서 무엇을 놓치고 살아가는지, 우리가 잡아야 할 것들은 무엇인지 이야기해보는 것이 필요하다. 자, 모두 귀를 기울여 주기 바란다. 이 책에서 말하는 걸 놓치면 분명히 안타까워 할 것이다. 쉿, 이제 시작이다.

2018년 7월
전인기, 전주영

Contents

Part 1
'인생은 영원하지 않다'는 사실을 기억하기

Part 2
우리가 인생에서 놓치기 쉬운 다섯 가지

Part 3
'우리는 함께 가고 있다'는 사실을 받아들이기

Part 4
자칫하면 놓치기 쉬운 우리 인생의 반전

Part 5
인생은 그래도 아름답다

Part 6
우리가 인생에서 누려야 할 것들

Part 1

'인생은 영원하지 않다'는 사실을
기억하기

10년 후에
우리는 과연
어디에 있을까

—

항상 우리는 같은 자리에 영원히 있을 거라고 착각하면서 산다. 나나, 너나, 우리 모두 다……. 늘 그 자리에 머물러 자리를 지켜줄 거라고 생각한다. 가족이나, 친구, 회사 동료 그 누구라도. 그러나 이런 생각은 우리가 인생에서 자주 하는 아름답고 슬픈 착각일 뿐이다.

어느 날, 병실에 누워 있는 나에게 병문안을 온 내 친구는 다음과 같이 말했다.

"친구야! 미안하네. 앞으로 맛있는 것이나 많이 먹게나."

나는 멍한 눈으로 그 친구를 바라다보며 다급하게 말했다.

"그게 무슨 뜻이지? 솔직하게 이야기를 해주게. 가망이 없는 것인가? 우리는 친구 아닌가? 나는 내 의지로 내 삶을 살다 가고 싶네. 내가 죽는 것도 모르고 죽고 싶지가 않아. 정확하게 이야기해 주게."

나는 불안한 마음을 감출 길이 없어, 애절한 눈빛으로 간청했다.

그러나 나의 친구는 단 한 마디만 남겼다.

"미안하네."

이 이야기는 시간의 기차를 타고, 2005년으로 거슬러 올라간다. 난 그 당시 2001년에 신지식인으로 선정되고 대통령 표창, 국무총리 표창, 모범공무원 표창에 이어 2005년 교육 대상까지 받았다. 소위, '잘 나가던' 때였다. 그런데 이때 갑작스럽게 나에게 닥친 불운. 그건 하늘의 시샘이라고 해야 할까. 시련은 이때부터 시작된다. 잘 나갈 때 몸조심을 해야 하는 것도 모르고, 나는 이 당시에 물불을 가리지 않고 날뛰다가 청천벽력 같은 사형선고를 받게 되었다.

어느 날, 양치하다가 침을 뱉을 때 약간씩 실핏줄이 섞여 나오는 것을 발견했다. 그리고 목 주변에 혹 같은 것이 생기는 것 같아 병원에 찾아가 검진을 해보았다. 그 결과, 구인두암 말기로, 편도에서 임파선까지 암이 전이된 상태였다.

내가 생존할 수 있는 날들이 6개월에서 1년여라는 소리를 들었을 때는 아무런 생각도 들지 않았다. 그저 멍한 상태로 병원 문을 나설 뿐이었다. 그때 길거리에서 두 손을 한데 모으고 한 푼을 동냥하는 거지의 모습이 들어왔다. 그 거지를 보는 순간, 난 남루하게 차려입고 때 국물이 흐르는 그 사람의 몰골이 한없이 부러워졌다. 가능하다면 그와 나의 삶을 지금 이 순간 맞바꾸고 싶었다. 그 거지의 손에 들린, 돈을 받는 찌그러진 깡통까지 얼마나 부러웠는지 모른다.

우리가 인생에서 놓치지 말아야 할 것들

이날 나는 나처럼 죽음의 문턱에도 있지 않고, 생사와 관계없는 그 거지가 한없이 부러워 자동차 안에서 넋 놓고 한참을 울었다. 그날의 광경을 다시 떠올리기만 하면 지금도 가슴이 먹먹하기만 하다.

누가 나와 함께 울어줄 사람이 있을까

한참을 울다가 이제 내가 암에 걸려 죽는다는 사실을 누군가에게는 알려야겠다는 마음이 들었다. 그런데 누구한테 이 기막힌 소식을 알려야 하나 하는 생각에 미치자, 희한하게도 아무도 떠오르지 않았다. 여자들 같으면 남편의 가슴에 피멍이 들도록 때리면서 하소연을 할 텐데, 당신 때문에 이렇게 되었다고 울고불고 난리를 칠 텐데, 나는 남자라는 이유로 차마 그 어떤 이야기도 쉽사리 꺼내놓을 수가 없었다.

이 소식을 아내에게 전하는 순간 집안이 무너지는데, 어떻게 내가 차마 무슨 말을 할 수가 있겠는가. 그렇다고 자식이나 부모에게는 더욱 이야기할 수가 없었다. 게다가 동료들에게 털어놓자니, 그렇게 일만 하더니 그럴 줄 알았다고 비웃음만 살 것 같았다. 이런 생각을 하자, 순간 세상이 텅 비어 있는 것처럼 느껴졌다. 그리고 이 넓디넓은 세상에 나 혼자만 존재하는 것 같은 황량한 기분이 엄습해왔다. 내게는 함께해 줄 그 누구도 없다는 외로움이 한없이 밀려오자, 더욱 슬

퍼져서 술이라도 한잔 마셔야겠다는 충동이 들었다.

한 잔의 술에 그동안 쌓였던 원망을 담아 마시고, 또 한 잔의 술에는 그동안의 기쁨을 담아 마셨다. 그리고 또 한 잔의 술에는 사랑도 담고, 그다음 또 한 잔의 술에는 미움까지 담아 마셨다. 이렇게 계속 술잔을 들이켰다. 그러다 결국 마지막 한 잔의 술에는 미래의 희망을 담아 삼키려 했으나, 그 작디작은 술잔조차 채울 희망은 없었다. 나는 희망 없는 술잔을 하염없이 바라보며 속절없이 그냥 세상을 원망만 했다.

'지금까지 주어진 일에 그냥 성실하게 열심히 살아왔을 뿐인데……. 쉼 없이 일만 했을 뿐인데, 내게 무슨 죄가 많아서…….'

모두가 정말 원망스러웠다. 아니, 사람뿐만 아니라, 나를 둘러싼 모든 것들이 다 원망스러웠다. 하다못해 내 앞에 버티고 있는 테이블마저 커다란 벽처럼 절망감으로 내게 다가왔다. 내가 도대체 무얼 그리 잘못했단 말인가! 나는 그 테이블을 주먹으로 꽝! 하고 수없이 내리치고만 싶어졌다.

이런 원망의 마음이 파도처럼 밀려오고, 또 밀려오면서 그날은 취하도록 술을 마셨다. 술 한 잔에 더 이상 담을 희망은 없었다. 나는 희망 대신에 술잔 하나, 하나에 추억을 담아 마셨다. 그동안 내가 살아왔던 나날들이 주마등처럼 스쳐 지나갔다. 어릴 때부터 지나온 단순한 일상들이, 가족과 지내왔던 시간이 하나의 화폭처럼 아름답고 의미 있게 다가왔다. 그 당시에는 사소하고 일상적인 것들이 이토록 소중한 추억이 될 줄은 꿈에도 몰랐다.

갑자기 눈물이 주르륵 흘렀다. 이렇게 덧없이 가려고 나는 이 세상에 왔던가. 아무도 나와 함께 이 세상에 대한 이별을 같이 해주지 못하는구나. 이런저런 생각에 밤새 취하도록 마셨는데, 알코올에 눈물이 희석되어선지 전혀 취하지 않았다. 이젠 어떻게 해야 할지를 생각해도 아무런 답이 나오질 않았다. 죽는다는데 무슨 답이 있겠는가.

일상이 이젠 그리움으로 남다

사형선고를 받았다는 속마음을 들키지 않으려고 술에 취한 상태에서도 아내가 좋아할 모습을 상상하며 순대를 사 들고 집에 들어갔다. 슬픈 표정을 숨기려 애써 웃으며 들어서는 나를 대하는 가족들은 술 냄새가 난다며 야단들이다. 내 참담한 마음속을 알 리 없는 가족들은 일없이 술 마시고 들어 온 사람으로 무심히 나를 맞이했다. 게다가 술 냄새가 난다며 나를 안방으로 밀어 넣으면서 잠이나 자라고 한다. 이제 이런 일상마저 그리움으로 남을 걸 생각하니, 가슴이 무너졌다. 가족들에게 이런 아픔을 남기고 내가 떠날 것을 생각하니, 베개는 온통 눈물로 젖어버렸다.

우리가 너무나 당연하게 생각해왔던 것들, 가족들과 부대끼며 밥을 먹고, 한집에서 자고, 웃고, 떠들고, 때로는 싸우는 이런 일상들이 지나간 추억이 되는 순간이 온다. 진즉 알았다면 좋았을 일을 우리는 인생에서 너무 늦게서야 그 소중한 시간을 깨닫게 된다. 인생은 때로는 왜 이렇게 짓궂은 심술을 부리는지. 빈자리가 생기고야 그 평안함을 알까.

보통 때보다 많이 마신 술인데도 전혀 취하지 않는다. 멀뚱거리며 누워 있기도 답답해 습관적으로 컴퓨터를 끌어당겨서 메일을 열었다. 공교롭게도 사형수인 도스토예프스키의 이야기를 누군가 메일로 보내왔다.

도스토예프스키는 28세 때 사형수가 되어 교도소에 수감이 된다. 교도소에서 사형수들이 제일 듣기 싫어하는 말이 면회를 왔다고 하는 말이란다. 면회 왔다고 하고는 간수 두 명이 와서 양쪽에 팔짱을 끼고 끌고 나가다가 직진하면 정말 면회가 온 것이다.

하지만 우측으로 가면 사형장이다. 이것을 도스토예프스키는 알기에, 면회를 왔다는 말에 긴장할 수밖에 없어 매일 하느님께 간절히 기도를 했다고 한다.

"제발 제게 면회를 왔다는 소리가 들리지 않게 해주시길 간절히 기도 드립니다."

그런데 어느 날, 도스토예프스키에게 면회를 왔다는 소리와 함께 간수들이 찾아왔다. 그들에게 끌려나간 곳은 역시나 사형대 앞. 도스토예프스키는 그 사형대 의자에 앉게 된다. 그리고 사형 집행 전,

5분의 시간이 주어진다. 그러나 사형을 당하기 전 마지막 5분을 어떻게 쓸까를 생각하며 계획을 짜다가 결국 그는 아무것도 하지 못하고 시간만 낭비했다. 그러다가 죽음의 문턱까지 가게 된다. 하지만 사형 집행 직전, 극적으로 사형 중지 명령이 떨어져 살게 된다는 이야기였다. 그 후 도스토예프스키는 시간의 소중함을 깨닫고, 촌음을 아껴 쓰게 된다는 교훈이 담긴 메일이었다.

죽음의 문턱에서 시간의 소중함을 깨달은 도스토예프스키의 이야기를 읽으면서 나는 스스로에게 이렇게 말했다.

'그래, 내게도 길게는 1년이라는 시간이 있지 않은가.'

이런 생각이 들자, 그 일 년 동안 내가 할 수 있는 일이 무엇인가를 찾아봐야겠다는 의지가 생겼다. 그리고 확률을 믿지 말고, 나의 노력을 믿어 보자. 모든 것은 하늘에 맡긴 채로…….

그 뒤 병원에서 목의 일부와 왼쪽 팔의 근육을 도려내는 수술을 받았고, 방사선 치료에 들어가게 되었다. 방사선 치료를 받는 과정에서 '이렇게 하다가 죽을 수도 있겠구나' 하는 것을 느낄 만큼 힘들었다.

하루가 다르게 쇠약해져 가는 몸과 까맣게 변해가는 얼굴, 그리고 매일 한 움큼씩 빠지기 시작하는 머리카락과 흔들리는 치아, 입안에서 흘러나오는 피……. 모든 것이 죽음의 전주곡처럼 보였고, 또 그렇게 사람들은 믿었다. 기약 없는 방사선 치료가 정말 싫었다. 이 방법은 아니라는 생각이 들었다. 내 의지와 관계없이 병원에 내 몸을 맡겨 놓고 의미 없이 죽어가는 것이 두려워졌다. 그리고 이런 죽음은 더 이상 받아들이고 싶지 않았다.

내　삶의
원칙　만들기

—

　인생은 영원하지 않다. 암 선고 이후 내가 깨달은 불변의 진리였다. 어릴 적 우리는 천방지축으로 동네를 뛰어다니곤 했다. 그때는 아침에 일어나 밖에 나가서 노는 게 세상 전부였다. 청소년기에도 친구들과 어울려 떠들고 노는 세월이 한없이 계속될 줄 알았다. 부모님은 항상 내 곁에 계시고, 나는 늘 친절하고 좋은 사람들에 둘러싸여, 내 인생은 한없이 그렇게 평화롭게 흘러갈 줄 알았다.

　누가 '인생의 끝'을 생각하면서 살아갈까.

　하지만 나는 인생에 끝이 있다는 사실을 언제나 기억하면서 살았으면 어땠을까 하는 생각이 이제야 든다. 그랬다면 부모님께도 좀 더 따뜻하게 대해 드리고, 친구들과도 사소한 일로 목소리를 높일 일도 적었을 것이다. 인생은 따사로운 햇살이 내리쬐는 외갓집의 툇마루처럼 한없이 행복한 시절만 있는 것이 아니다. 우리를 기다리고 있는 인생의 끝자락, 그건 현실로 맞이하고서야 실체로 다가오는 법이다.

인생은 시작이 있듯이, 그 끝도 있는 것이다. 그러나 인생이 참으로 얄궂은 것은, 이 모든 것이 실제로 닥쳐보아야 그 의미를 제대로 안다는 것이다. 그것이 바로 인생의 아이러니인 셈이다. 나는 다른 사람들과 마찬가지로 내 삶의 일상이 그저 그렇게 끝없이 흘러갈 줄 알았다. 적어도 나의 죽음은 70세나 80세처럼 저 먼 나라의 이야기인 줄 알았다. 그러나 그 인생의 끝이 이토록 빨리 찾아올 줄은 상상도 하지 못했다. 모두가 그런 것처럼.

하지만 나는 죽음 앞에서 무기력하게 있지는 않았다. 뭔가 대안을 찾으려고 했다. 살고 싶었다. 이렇게 한창 일할 나이에 이대로 끝내고 싶지는 않았다. 나는 방사선 치료가 아닌 다른 방법은 없을까, 이런 마음으로 간절히 대안을 찾게 되었다. 그러다가 찾은 대안이 단식요법이었다. 단식요법은 먼저 장의 융털 속에 오래된 음식 찌꺼기가 가득 차 있어 아무리 몸에 좋은 음식을 먹어 봐야 오래된 음식 찌꺼기를 통해 영양분이 흡수되기 때문에 효과가 떨어진다는 논리이다. 따라서 장을 깨끗하게 청소를 하고 비워야 한다. 그래야 몸에 좋은 음식을 먹었을 때, 그것을 영양 상태 그대로 흡수할 수 있어 효과가 있다는 요법이다.

난 이 방법을 신뢰했다. 그래서 이 단식요법에서 하라고 하는 대로 하나도 놓치지 않고 그대로 실행했다. 이 단식요법은 처음 10박 11일 동안 단식을 한 후, '하루 한 끼 단식과 일주일 하루 단식, 한

달에 3일 단식'을 하는 방식이었다. 하루에 먹는 식사는 아침은 굶고, 점심은 12시에 먹고, 저녁은 오후 6시에 채소로만 200g씩을 먹는 것이었다. 그리고 그다음 날 점심까지 18시간을 굶는 것이다. 쉽게 말하면, 장도 쉬는 시간을 주자는 것이다. 나는 마음을 다잡은 채로 맛있는 식탁을 찾는 것이 아니라, 건강한 식탁을 찾으면서 이 식이요법을 철저히 지켜나갔다. 그것과 동시에 풍욕과 냉욕, 그리고 냉온욕, 겨자욕, 된장찜질 등을 쉼 없이 했다.

인생은 기적처럼 다시 흘러가기도

몸이 아프기 전까지는 내가 죽을병에 걸린다면 해보고 싶은 것은 다 해보고 죽을 것이라 생각했던 기억이 떠올랐다. 그런데 지금 이 상태의 몸으로 무엇을 할 수 있을 것인가. 또한 그 일을 해 보고 죽는다고 무슨 의미가 있을까, 라는 의문이 생겼다.

그렇다면 내가 하고 싶은 일을 하는 것이 아니라, 해야 할 일을 생각해야겠다고 마음을 먹었다. 또 이렇게 하는 것이 내가 살아온 것을 정리해, 다른 사람들에게도 도움을 줄 수 있다고 생각했다.

치료하면서도 직장생활을 계속하는 동안 나를 제일 힘들게 하던 일이 있었다. 그건 바로 아침 식사는 거르고, 점심은 채소로 겨우 속만 채웠는데, 간식을 먹는다며 통닭이나 피자를 먹으며 냄새를 풍기는 상황이었다. 그러면 정말 참기가 힘들어 그냥 사무실을 나와 물만 마시곤 했다. 또 회식하는 날이면 동료들과 어울리지 못하고 집으로 혼자 터덜터덜 돌아오곤 했다.

이렇게 철저하게 식이요법을 하면서 병원 치료는 거부했다. 그 이유는 이렇게 죽을 것이라면 의무적으로 하는 방사선 치료를 더 받고 싶지가 않았다. 그 치료로 내 삶의 질을 떨어뜨리면서 치료만 하다가 내 의지와 상관없이 그냥 죽어가기는 정말 싫었기 때문이다. 그보다는 어떻게든 내 의지로 치료하며 살면서 최소한 삶의 질은 떨어뜨리지 말고 깨끗하게 죽음을 맞이하자고 결심했다. 그렇게 5년여의 세월이 흐른 뒤, 병원을 찾아 패트(PET) 촬영을 했고 검사 결과를 보기 위해 의사 선생님을 만나러 간 일이 있다.

의사 선생님은 페트 촬영을 한 차트를 한참 동안 바라보다가, 의외라는 듯 이렇게 감탄의 말을 쏟았다.

"기적입니다. 이 병은 낫기가 정말 어려운 병인데 나은 것은 기적입니다. 정말 기적입니다."

하지만 의사 선생님은 이내 경직된 표정으로 이런 말을 덧붙였다.

"그런데 이것은 기적적인 일이기에 아주 예외적인 상황이니, 다른 사람에게는 절대 이야기하지 마십시오. 혹세무민하게 될 수도 있으니까요."

병원 문을 나서는 내 발걸음은 가벼웠으나, 의사 선생님의 혹세무민하지 않도록 하라는 당부의 말씀이 왠지 마음에 걸린다. 내 치료

방법을 알아보고, 그 방법의 장점을 받아들이고 다른 환우들을 치료하는데 참고하는 것이 옳을 터인데 다른 사람에게 이야기하지 말라니, 정말 안타깝고 아쉬웠다. 나 혼자만 이런 기적을 맞이하지 말고, 더 많은 사람과도 나눌 수 있다면 더 좋은 일이 아닐까.

새로운 삶의 법칙, '소식타찬'

난 암 치료가 끝난 뒤, 평생 삶의 원칙을 정했다. 바로, 소식타찬(小食他讚)이다. 즉, 건강을 위해 적게 먹고, 남을 칭찬하며, 즐겁게 생활하자는 의미다. 우리는 인생이 한없이 계속된다고 생각할 때에는 아등바등 자신의 욕심을 채우기 위해 살아간다. 하지만 인생이 언제 끝날지 모르는 알 수 없는 대상이고, 또 죽음이라는 실체가 갑자기 찾아오는 불청객이라는 걸 아는 순간, 인생이 덧없고 허무하게 느껴진다.

그러면 굳이 다른 사람의 흠을 잡고 이야기하기보다는, 그냥 장점을 보면서 칭찬하며 살아가고 싶은 마음이 들게 마련이다. 또 이 인생이라는 선물이 참으로 아깝게 여겨져서 좀 더 이곳에 머물고 싶은 욕망도 반대로 생기기도 한다. 그리하여 골몰하게 되는 것은, 어떻게 하면 좀 더 죽음의 순간을 늦출 수 있을까, 이곳에 좀 더 머물 방법은 없을까를 생각하게 되는 법이다. 그래서 나는 건강에 아주 많은 정성을 쏟기 시작했다.

건강을 지키기 위해서 내가 한 일은 다음과 같다. 내가 생존하기 위해서는 어떤 일이 있어도 제일 먼저 건강식과 운동을 우선하고, 다음으로 그날 할 일을 중요한 순서로 목록을 만드는 것이다. 그중 제일 우선해야 한다고 생각한 것은 눈 뜨고 일어나면 이 일을 한 후, 다른 일을 시작하는 것이다. 그 계획을 세운 다음부터는 눈을 뜨면 한 줄의 글을 쓰고 하루를 시작했다. 그 결과, 암 발병 이후 9권의 책을 출판하게 되었다.

지금은 명예퇴직하고, 이곳저곳을 강의하면서 다니고 있다.

어느 퇴직자가 65세에 퇴직을 한 후, 30여 년 동안 고생을 했으니 이젠 죽을 때까지 편히 쉬겠다며 쉬다 보니 95세가 되었다고 한다. 퇴직 후 그냥 흘려보낸 세월이 직장생활을 한 만큼의 30년 세월만큼 많은 것이다. 어느 날 문득 이 사실을 깨닫자, 지나온 시간을 후회하며 이제부터라도 후회하지 않는 삶을 살기 위해 그 퇴직자는 새로운 삶을 설계했다고 한다. 그러니까 미래의 삶을 위해 105세를 준비하는 알찬 인생 계획을 세웠다는 이야기를 들은 일이 있다.

10년 후에도 나는 새벽에 눈을 뜨면 풍욕을 한 후, 한 줄의 글을 쓸 것이다. 그리고 5년 후에 배낭여행을 떠나기 위해 준비하고 있는 영어 공부를 끝내고, 그동안 가보고 싶었던 나라들을 다니며 다음 10년을 준비할 것이다.

그리고 지금 준비하고 있는 발명 재능을 나눌 수 있는 공간을 마런하여, 타국에 와서 고생하고 있는 이주민들에게 내가 가진 창의력과 발명의 재능을 나누어 주는 봉사를 하고 있을 것이다.

이제 덤으로 사는 인생, 지금껏 가보지 않고 해보지 않았던 길로 가보자. 아직 아무도 가지 않은 길이라면 더욱 좋다. 아무도 가지 않았던 그곳에 나만의 발자국으로 길을 내면서……

'지금의 삶은 과거의 내 삶의 흔적이고, 오늘의 모습은 미래의 내 모습의 거울'이라고, 어느 현자는 말했다고 한다. 그의 말을 오늘도 떠올려 본다. 나도 더 먼 훗날, 지금 이 순간을 후회하지 않기 위해 오늘도 준비하련다. 오늘 이 하루가 정말 덤으로 사는 삶이라는 사실을 되새기면서 나는 오늘도 노력한다, 한순간도 헛되이 보내지 않으려고 말이다.

지 나 고 나 서 야
알 게 되 는
부 모 의 빈 자 리

—

우리가 인생에서 놓치지 말아야 할 것 중 가장 중요한 것은 가족의 소중함이다. 이 말은 너무 평범하게 들릴지 모르지만, 실제로 어느 나이대가 되면 가족이야말로 가장 가슴이 아픈 존재라는 걸 깨닫게 된다.

그런데 인생이 참 슬픈 것은 이러한 사실을 인생의 말기가 되어야 알 수 있다는 사실이다. 그래서 청소년기나 청년기에 아무리 이런 말을 들어도 그냥 한쪽 귀로 흘려들을 수밖에 없다. 누구나 그렇다. 인간이라면 으레 이런 어리석은 과정을 '똑같이' 지나가게 마련이다.

우리가 학창시절에도 교과서에서 봐오던 그 수많은 구구절절 명언들. 삶을 끝자락까지 살아봐야, 가슴을 치면서 한탄을 한다. 부모님이 돌아가시고 나야, 이 옛 성현들의 말이 단지 교과서에만 나오는 잔소리가 아니라는 사실을 알 수 있는 것이다.

수욕정이풍부지 자욕양이친부대(樹欲靜而風不止 子欲養而親不待).

나무는 고요하고자 하나 바람이 그치지 않고,

자식이 효도하고자 하나 부모는 기다려 주지 않는다.

이 옛말처럼, 부모는 우리를 기다려 주지 않는다. 좀 자리를 잡고 나서 효도를 해야지, 성공하고 나서 효도를 맘 놓고 해야지, 다 쓸데 없는 이야기다. 큰 성공을 하고, 유명해진 많은 사람도, 정작 성공하고 나니 부모님이 이미 떠나시고 난 뒤라, 가슴에 한이 되어 남는다는 말을 자주 하곤 한다.

'우리 지금 당장 만나!'라는 노래 가사가 있다. 지금 당장 부모님을 찾아뵈러 가라. 다른 것은 더 생각하지 말고, 지금 당장 효도하라. 부모님은 정말 우리를 기다려 주지 않는다.

아무리 이런 말을 귀에 못이 박히도록 듣고, 읽고, 생각해도 결국 지금 당장 실천하지 않는다면, 부모님이 돌아가시고 난 뒤에 반드시 가슴에 큰 덩어리를 안고 평생 살아가게 될 것이다. 인생에서 많은 사람이 저지르는 똑같은 실수를 자신이 피해가려면 옛글에 나오는 이 말들을 그냥 한 조각 훈계성의 글이라고 가볍게 여기면 안 된다는 것이다.

인생에서 가장 큰 실수는 부모님께 효도하지 않는 것이다. 다른 것은 그나마 기다려 줄 수 있을지도 모르지만, 부모님은 우리보다 훨씬 빨리 가신다는 사실을 기억하자. '그때'라는 것이 우리가 전혀 짐

작도 할 수 없는 순간에, 느닷없이 찾아올 수 있다는 것. 많은 사람이 후회한다는 건, 나 자신도 피해갈 수 없다는 것일 수도 있다. 하지만 지금 당장 실천한다면 그나마 인생의 후회를 줄일 수 있다. 이것은 후회에 그치지 않고, '회한'으로 남을 것이니, 지금 당장 달려가라. 부모님과 함께 시간을 보내는 것만으로도 지나고 나면 그게 바로 '효도'가 될 것이고, 본인에겐 깊은 슬픔을 조금이라도 줄이는 길이 될 것이다. 이 말을 또다시 그냥 하는 소리로 대충 듣는다면, 그 누구도 땅을 치며 후회하는 순간을 피할 수 없을 것이다.

사실 인생을 끝까지 살아보면 성공이라는 것도 행복을 담보할 수 없고, 소중한 사람들과 함께 보내는 소소한 일상이야말로 보석처럼 빛나는 행복이라는 것을 느낄 수 있다. 그런데 인간의 운명이 참 슬픈 건, 이 평범한 진리를 나이가 한참 들어서 돌이킬 수 없을 때 깨닫게 된다는 사실이다. 우리가 어릴 때 읽었던 '파랑새'라는 동화에도 행복은 바로 우리 가까이에 있다는 인생의 진실을 말해준다. 돌이켜 보면, 우리가 살아가면서 얼마나 많은 책과 어른들이 해주는 이야기에서 이런 진실을 마주하는가. 하지만 어리거나 젊을 때는 아무도 그걸 실제로 깨닫지는 못한다. 그저, '그런가 보다'라고 생각하고 스쳐 갈 뿐, 마음에 고스란히 그 실체가 남지 않는다. 그래서 실천으로도 이어지지 않는다.

인간은 항상 먼 곳을 동경하면서 소중한 사람과의 일상을 지겨워하며 고향을 떠나곤 한다. 하지만 인생의 막바지에 이르러선 결국 행복이란 게 가족들과 소소한 생활을 공유하는 것이라는 걸 깨닫곤 망연자실해 한다. 이게 인생이다. 그러나 누구나 지나봐야 아는 것, 그게 인간의 한계상황이다. 운명이라고 해야 할까. 그 운명을 피할 수 있는 사람은 지혜로운 사람, 실천하는 사람일 것이다.

그냥 이야기를 들어주는 것만으로도 큰 효도이다

SNS가 발달하면서 아침저녁으로 많은 자료와 동영상들이 들어오는데, 그중 특별하게 가슴을 저미게 하는 것이 있다.

"꾸엑~, 꾸엑~."

어린 아기사슴이 물속에서 무엇엔가 놀라 잔뜩 겁을 먹은 채 커다랗고 하얀 눈동자를 이리저리 굴리며 계속 '꾸엑! 꾸엑!' 소리를 지르며 허우적대고 있었다. 잔뜩 겁을 먹고 놀라 헤엄치는 어린 사슴 뒤에는 무시무시하게 큰 악어가 꼬리를 흔들며 아기사슴 쪽으로 서서히 간격을 좁혀 다가오고 있었다. 그러자 어린 사슴은 엄마에게 살려 달라고 애타게 소리치며, 어찌할 줄 모르고 갈팡질팡하고 있었다.

이때 강 건너에서 그 광경을 목격한 엄마 사슴은 조금도 망설임 없이 그냥 물속으로 뛰어들어 정신없이 헤엄을 치기 시작했다. 그런데 뜻밖에도 어미 사슴은 아기사슴에게 가지 않고, 아기사슴에게 다

가서는 악어 앞으로 돌진하여 악어의 앞을 막아서는 것이었다. 그리고는 잠시 후에 악어와 함께 어미 사슴은 물속으로 사라지고 더 이상 어미 사슴을 볼 수가 없었다.

우연히 이 동영상을 본 순간 한참 동안 가슴이 먹먹하고 아무것도 할 수가 없었다. 저것이 엄마의 마음이구나, 하는 생각에 주책없이 눈물이 흘렀다.

엄마의 희생으로 살아난 아기사슴은 살아 있을까? 어찌 살아가고 있는 것일까?

이 광경을 보고 한참 멍하니 있다가 오랫동안 잔상으로 남은 어미 사슴의 모습에서 평생 헌신하며 살아오신 어머님이 생각났다.

전쟁 통에 결혼을 하시고 군에 간 아버지를 대신해 집안의 가장 역할과 집안의 경제를 이끌어오셨던 우리 어머니. 어린 자식들을 위해 행상을 시작한 것이 평생 직업이 되고, 고생과 사람들의 박대를 친구 삼아 살아오신 어머님이시다.

이제는 90살을 바라보는 어머님은 틈만 나면 행상으로 고생하신 이야기를 하신다. 그럴 때면 듣기 싫으니 이젠 그만하라며 어머님의 입을 막아 버린 적이 많았다. 내게는 고장난 녹음기처럼 틀어대는 듣기 싫은 소리였다. 아름답고 좋은 이야기도 아닌데, 왜 언제나 그런 궁상맞은 이야기를 하실까, 하면서 어머니를 원망한 적도 많았다. 하지만 돌이켜 생각해 보니, 그 이야기를 그저 묵묵히 잘 들어드리는 것만으로도 어머니를 기쁘게 해드리는 건데, 하는 후회가 든다. 뭔가 큰 선물이라든가, 값비싼 식사라든가 이런 것이 효도가 아니라, 어머니가 하고 싶은 이야기를 그냥 하시도록 해주는 것만으로도 효도인데, 참 먼길을 돌아가는 어리석은 짓을 한 것 같다.

이런 어리석은 생각은 나뿐만 아니라, 주변에서 정말 흔하게 볼 수 있다. 내 지인 중에는 부모님이 섭섭하게 해주신 것만 생각하다가, 부모님이 돌아가시고 나서야 함께했던 시간이 너무 적었다는 걸 통탄하면서 후회하는 사람도 있다. 부모님이 살아 계실 때에는 항상 뭔가 원망스럽고, 억울한 것만 떠오를 수도 있다. 왜 어느 자식에게는 잘해주고, 내게는 이렇게 차별을 하시나 하는 생각이 들 때도 있다. 또 남의 부모님은 자식에게 좋은 것도 많이 해주시는데, 우리 부모님은 왜 늘 내게 참으라고만 하고, 부족하게 키웠던 걸까, 라고 원망할 수도 있다. 특히 청소년기에는 부모님이 도저히 이해가 안 될 때가 많다. 그래서 왜 난 이런 부모님 밑에서 태어났을까, 자신의 운명을 한탄할 때도 많다.

하지만 그 청소년기를 거치고, 어른이 되어서 자신이 부모님 나이대가 되어 보면 그때서야 뭔가 단단히 잘못 생각하고 있다는 것을 깨닫는다. 부모님도 자신과 똑같은 인간이라는 것을. 부모님은 신이 아니라는 것을. 자신이 부모님 나이가 되어서야 삶의 무게가 얼마나 무거운지, 자기보다 훨씬 많이 그 짐을 지고 살았을 부모님 세대를 생각하면 한없이 인간적으로 짠해진다. 자식들에겐 힘들다는 이야기도 한마디 못하고, 그 가족의 짐을 다 짊어지고 살았을 어머니, 아버지를 생각하면 한없이 투정만 부렸던 어린 시절이 못내 안타까워진다.

그런데 인간의 운명이 참으로 슬픈 건, 이러한 사실을 부모님이 돌아가시고 나서야 깨닫게 된다는 사실이다. 우리가 인생에서 기억해야 할 것은 우리의 부모님이 나약한 인간이라는 사실이다. 우리와 같은 한없이 약하고 기댈 곳이 없는 평범한 사람들이라는 것이다. 그러한 이들에게 한없이 무거운 짐을 지워 놓는 건 인간적으로 정말 몹쓸 짓이다. 자식과 부모의 관계를 넘어서, 인간 대 인간의 관계로 부모님을 바라보면 정말 감동스러울 뿐이다.

우리가 이 지구라는 별에서 부모와 자식이라는 관계로 만나, 앞의 이야기에 나오는 아기사슴을 지키려는 어미사슴의 마음으로 우리를 돌보았던 그들이 아닌가. 부모들이 대부분 다 소시민으로 살면서 큰 재산 없이 어렵게 가족을 부양하는 사람들이었는데, 그들의 삶의 전투력에 박수를 보내줘야 할 뿐이다. 우리도 살아보면 혼자만의 삶도 얼마나 버거운가.

그런데 우리의 부모들은 우리가 지금 힘겨워하고 있는 이 나이에도 힘들다는 내색 없이 얼마나 자식들과 가족을 잘 보살폈는가. 물론 자식이 볼 때 그것이 참으로 부족하고 원망스러운 부분도 있었겠지만, 우리의 부모가 전지전능한 신이 아니라는 사실을 늘 기억하고 있다면 그들의 삶에 대한 헌신에 깊은 감사를 느껴야 할 것이다.

하지만 다시 강조하지만, 인간의 슬픈 운명은 이 모든 사실을 항상 부모님이 떠나고 나야 알 수 있다는 것이다. 그나마 빨리 깨닫는 순간이라도 부모님이 늙고 힘이 없어져 이 세상을 떠날 시간이 촉박한 시점에야 알아차린다는 사실이다. 만일 신이 있다면 어떻게 이토록 인간을 잔인하고 슬픈 운명으로 만들었는지 참으로 아이러니컬한 일일 뿐이다. 인간은 누구나 부모에 대해서는 후회와 한탄을 피해갈 수 없도록 만들어 놓았다. 그건 바로 부모님이 떠난 자리에서 깨닫게 하는 인생의 모순인 셈이다.

어머니 생각만 해도 눈물이 날 때는
이미 너무 늦을 수도

나는 지나놓고 보니, 어머님의 신세 한탄 이야기에 불편함을 드러냈던 일들이 한없이 죄스러워진다. 이젠 나도 나이가 먹은 탓인지 함께 살지 않는 어머님 생각을 할 때면 눈가에 눈물이 맺히고, 가슴이 저리면서 가끔 따뜻한 어머님의 마음이 전해지고 느껴지던 일들이 떠오른다.

내가 다니던 중학교는 집에서 학교까지 대략 4Km 정도 떨어졌다. 하루는 학교에서 수업을 마치고 집에 돌아오는 길에 어머니를 만났다. 행상을 떠나기 위해 시장에서 물건을 사서 엄청나게 큰 보따리를 만들어 머리에 이고 오시는 길이었다.

나는 반가움에 "엄마!"라고 소리쳐 부르며 다가갔더니, 엄마는 반색을 하고 내 가방을 보면서 이렇게 말씀하셨다.

"아가! 그 가방 내게 주렴."

"왜? 엄마!"

"너 가방 무겁잖아?"

"엄마는 아무리 많이 머리에 이어도 괜찮단다. 그러니까 내가 머리에 이고 갈 테니 이리 주렴."

당시의 학생 가방은 손으로만 들고 다니는 가방이었고, 참고서까지 들고 다녀야 했기에 꽤 무거웠다. 철없던 나는 정말 엄마 머리는 무겁지 않은 줄 알고, 엄마에게 가방을 맡긴 채 빈손으로 엄마 뒤를 쫄래쫄래 따라갔던 일이 생각난다. 엄마는 4Km나 되는 길을 몇 푼 안 되는 차비조차 아끼려 그 무거운 짐을 머리에 이고, 또 그 위에 아들의 책가방까지 이고서 집으로 오셨다. 그 길이 얼마나 힘드셨을까. 그때의 일을 생각하면 지금도 가슴이 무너져 내린다. 요즘도 가끔씩 불현듯 이 생각이 떠오를 때면 당시에 어리석고 답답했던 못난 내가 한없이 죄스럽고 부끄러워 쥐구멍이라도 찾고 싶어진다. 그럴 때마다 어머님께 더 잘해 드려야지 하는 마음은 있으나, 마음만큼 행동이 따라주지 못해 답답하다.

세상 모든 엄마는 먹지 않아도 배부르고, 얇게 입어도 춥지 않으며, 잠자지 않아도 졸리지 않는다고 한다. 엄마니까. 그런데 막상 자식이 엄마가 되어 보면, 엄마도 먹지 않으면 배고프고, 얇게 입으면 춥고, 잠을 못 자면 졸리는 인간이라는 것을 깨닫게 된다. 이렇게 힘든데, 그냥 엄마라서, 그냥 엄마이기에 그렇게 참는다는 것을 알게 된다.

"내 목숨이 있는 동안은 자식의 몸을 대신하기 바라고, 죽은 뒤에는 자식의 몸을 지키기 바란다"는 불경의 말이나, 어떤 현자의 말처럼 "저울의 한쪽 편에 세계를 실어 놓고 다른 한쪽 편에 나의 어머니를 실어 놓는다면, 세계의 편이 훨씬 가벼울 것이다"라는 말이 유난히 귓가에 맴돈다.

평생 가정의 경제를 지키기 책임지기 위해 어머님의 머리에 이셨던 보따리나, 우리를 가르치기 위해 머리에 이셨던 가방의 무게를 이제 내려놓고 아무런 걱정 없이 그냥 행복하기만을 이제 빌어 본다.

"어머니, 아버지 행복하세요. 사랑합니다!"

우리 모두 부모님을 직접 찾아뵙고, 용기를 내어 이렇게 말씀드려 보자. 처음에는 어색할 수 있지만, 이 말 한마디가 그 어떤 큰 선물보다 소중하다는 것을 나중에야 알게 될 것이다. 망설이면 늦을 것이다. 늦으면 후회할 것이다. 더 늦기 전에, 부모님과 조금이라도 함께하는 시간을 가지길 바란다. 그게 바로 인생에서 놓쳐서는 안 될 가장 중요한 일 중 첫 번째 순서이다.

인 생 에 서
놓 치 기 쉬 운 것 ,
애 정 표 현

—

우리가 인생에서 놓치기 쉬운 것 중 하나가 바로 애정 표현이다. 마음속으로는 정말 아끼고 사랑하는데, 겉으로 표현하지 않는 것이다. 가족끼리 굳이 애정 표현을 해야 하나, 서로 마음이 통하질 않나 하는 안일한 생각을 한다면 정말 큰 착각이다. 가족도 더 섭섭해하고, 감정이 쌓일 수 있다. 가장 가까운 인간관계라고 할 수 있는 부모 자식 사이도 마찬가지다. 어색하다고 표현하지 않으면, 아무리 가족이라도 상대가 알 수 없는 법이다.

"엄마는 귀찮게 왜 그러는 거야? 엄마 정말 싫어, 짜증 나!"

오늘도 귀찮다고 악을 쓰며 어린 딸아이가 소리친다.

초등학교 4학년에 재학 중인 사랑스러운 외동딸을 만날 때마다 만지려 하고 뽀뽀하려 하면서 안아주는 엄마에게 귀찮다고 짜증을 내는 딸의 모습이다. 너무 심하게 소리치기에 심각하게 딸에게 엄마가 싫으냐고 물어본 적이 있다.

그런데 뜻밖에도 딸아이의 대답은 세상에서 엄마를 제일 사랑하고, 엄마가 그 누구보다 좋다는 것이다. 그런데 딸은 누구도 자신의 몸에 손을 대는 것이 싫을 뿐이란다.

그런데 엄마는 하나뿐인 딸을 그냥 깨물고 만지고 뽀뽀하고 싶어 안달이 나, 틈만 나면 귀찮게 하다 보니 딸아이의 목소리가 커지게 되는 것이다.

서로가 좋아하면서도 애정 표현을 하는 방법이 서로 달라 이처럼 다투는 일들을 볼 때면, 문득문득 떠오르는 옛날 이솝 우화에 나오는 이야기가 생각난다.

"옛날 동물의 나라에서 황소와 사자가 사랑했다. 둘은 너무도 사랑한 나머지 어떻게 하면 상대를 행복하게 해줄 수 있을까를 생각하게 되었고 좋은 것이 생기면 서로에게 주고 싶어 했단다. 그래서 황소는 자신이 제일 좋아하는 싱싱한 풀을 뜯어 자신은 먹지 않고 매일 사자에게 주고, 사자는 정글을 다니며 매일 맛 좋고 싱싱한 고기를 잡아 황소에게 주게 되었단다. 그렇게 뜨거운 사랑을 한 사자와 황소의 사랑은 지금 어떻게 되었을까?"

황소와 사자는 결국 어찌 되었을까?

황소는 사자가 주는 살코기가 싫었지만 참았고, 사자도 황소가 주는 풀이 괴롭고 싫었지만 참았다. 그러나 참는 데도 한계가 있는 법.

어느 날 둘은 마주 앉아 이야기를 시작했으나, 서로의 마음을 알지 못하고 자존심을 내세우다가 결국 둘은 다투게 된다. 그리고 그 다툼으로 결국 헤어지게 되었다는 이야기다.

황소와 사자는 서로 사랑을 하는데
왜 싸워야 했을까

황소는 황소의 눈으로만 세상을 보려 했고, 사자는 사자의 눈으로만 세상을 보려 한 것이 그들을 싸움으로 몰아넣고 결국은 헤어지게 만든 것이다.

세상을 바라볼 때 나의 눈으로만 세상을 본다면 세상은 아무도 없는 무인도처럼 보인다. 하지만 상대의 눈으로 세상을 볼 때는 너와 내가 있는 '우리'가 보일 것이다. 나의 눈이 아닌 우리의 눈으로 세상을 바라보고, 생각하고, 이야기하고, 행동한다면 세상은 따뜻한 훈풍과 온정의 포근함이 있지 않을까 싶다.

티베트의 속담에 "말이란 토끼처럼 항상 부드러울수록 좋다"는 말이 있다. 다시 말하면, 말을 했을 때 귀가 편하게 들을 수 있어야 하고, 귀가 편하게 들었을 때 우리는 가슴으로 그 말을 들을 수 있게 된다는 말이다.

오늘도 어느 부부는 법정에서 이혼하고, 또 어느 집에서 큰소리를 치며 싸우는 소리가 밖으로 새어 나온다. 처음 그 부부도 황소와 사자처럼 서로 사랑을 해서 결혼을 했을 것이다.

우리 속담에 "개떡같이 말해도 찰떡같이 들어라"는 말이 있다. 이 말은 자기 집착이 강하고 자기방어가 강한 사람에게 해주는 충고라고 생각한다.

서로 다른 황소와 사자가 사랑하는 마음을 변치 않고 이어가기 위해서는 자신의 집착이나 방어를 버리고 상대를 향해 따뜻한 눈길로 관심을 가지고 관찰하고 배려하며, 토끼털처럼 부드러운 말로 이야기해 준다면 그 사랑은 영원히 변치 않을 것이다.

'아내'라는
이름의
소중한 인연

—

방송에서 보면 많은 연예인이 토크쇼에 나와 자신의 배우자를 입방아에 올려놓고 시청자들에게 많은 웃음을 선사한다. 이러한 모습을 보고, 나도 후환이 두렵기는 하지만 내 아내를 화제로 삼으려고 한다.

서해안 고속도로가 생기기 전이니까, 아마 25~6년 전 장인어른 생신날에 있었던 이야기다.

아내는 2남 4녀 중 장녀인데, 장인어른 생신날 형제들이 음식을 각각 하나씩 맡아 준비하기로했다. 자신은 고기를 책임지기로 했다며, 며칠 전부터 무엇인가를 열심히 준비하느라 매우 분주하다. 그동안 열심히 준비한 이것저것을 챙기고는 처가댁으로 출발하는 날, 준비가 다 되었다며 아이스박스와 다른 짐들을 자동차 트렁크에 싣고 가라는 것이다. 아내의 이야기에 자동차에 짐을 싣고, 시동을 걸면서 콧노래를 부르며 경기도 평택에서 전북 군산의 처가댁으로 달리기 시작했다.

봄의 꽃향기가 가득하고 흐드러지게 핀 벚꽃의 축하 속에 오랜만에 만날 처가댁 식구들을 생각하며 국도를 지나 고속도로로 들어서자, 가족들은 환호성을 지르고 들뜬 기분을 맘껏 즐기며 신바람이 났다. 바쁘다는 핑계로 가족 나들이 한 번 가지 않다가 온 가족이 자동차를 타고 밖으로 나오니 한껏 들뜬 마음이었고, 그 기분으로 한참을 달렸다. 그런데 청주 부근을 지날 때쯤부터 토요일 오후라 그런지 고속도로가 많이 막히고 애들의 환호성이 투정으로 바뀌기 시작했다. 그래서 휴게소에 들려 잠시 휴식도 취하고, 간식도 즐기고, 화장실도 들렀다가 출발하려고 다시 자동차 시동을 걸고 있을 때였다.

집사람 표정이 일그러지더니 이렇게 말했다.

"여보! 나 뭐 놓고 온 것 같아."

"뭘?"

"아니야, 트렁크 좀 열어봐!"

한참 트렁크에 차곡차곡 담아 쌓아 놓았던 박스들을 들척이더니 풀이 죽은 목소리로 기어코 이렇게 말했다.

"여보! 나 고기를 안 가지고 왔다. 다른 것은 다 챙겼는데, 고기를 놓고 왔어. 그것만 따로 준비해놓고 그냥 출발했나 봐. 어떡하지?"

막히는 거리를 1시간이 넘게 걸려 여기까지 왔는데, 다시 돌아갔다가 올 생각을 하니 까마득했다. 고기가 적은 양이면 그냥 그곳에서 사서 먹고 집에 있는 것은 우리가 먹으면 될 터인데, 20인분이 넘는 고기라 다소 난감했다. 다시 돌아갔다 와야 할 길이 너무 멀고 막막해 집에 있는 고기는 두고두고 우리끼리 먹고 ,처가댁에 가서 다시 사서 먹자고 제의를 했다. 그러나 아내는 그것을 우리끼리 다 먹을 수 없고, 그곳에서는 살 수 없는 고기라며 막무가내였다.할 수 없이 다시 집으로 와 고기를 가지고 처가댁으로 가다 보니, 늦은 시간에 도착하게 되었다.

잃어버린 구두처럼, '아내는 신데렐라'

다음 날, 장인어른 생신 행사를 잘 마치고 다시 집으로 돌아와 저녁을 먹고 TV를 시청하면서 쉬고 있는데 전화벨 소리가 들렸다. 나는 대수롭지 않게 생각하고 있는데, 아내가 전화를 받다가는 수화기를 내려놓고 현관으로 갔다가 다시 와 전화를 받으면서 이렇게 말했다.

"아니, 이런! 아빠 슬리퍼를 신고 왔네."

"무슨 소리야? 아버님 슬리퍼라니?"

"아, 글쎄 차를 타러 나오면서 집에서 편하게 아빠 슬리퍼를 신고 다니던 행동으로 그냥 아빠 슬리퍼를 신고 자동차에 탔나 봐, 내 구두는 친정에 놓고, 그나저나 어떡하나. 내일 그 구두를 신고 출근하려 했는데."

아내는 신데렐라처럼 구두를 잃어버린 셈이다. 남이 보면 늘 깜빡거리는 건망증이 있는 아줌마이겠지만, 이런 아내가 나는 동화 속 신데렐라거니 하며 살아가고 있다. 그렇지 않다면 아내의 이런 행동들에 내가 짜증을 내게 되고, 그렇게 되면 부부 사이는 나빠질 것이다. 우리가 인생에서 결코 놓쳐선 안 되는 일은 바로 부부의 인연이다. 생판 남이었다가 세상에서 가장 소중한 가족이 된 사이인데, 우리는 매번 그 인연을 자꾸 잊게 된다. 사소한 것에도 화를 내고, 상대의 마음을 상하게 한다.

하지만 인생을 지나보면 아내만큼, 혹은 남편만큼 서로 기댈 수 있는 사람이 또 없다. 더 좋은 사람을 만났으면 어땠을까 하는 생각도 모두 부질없는 마음들이다. 세상엔 좋은 사람들이 많을 수 있겠지만, 자기와 맞는 인연은 지금 살고 있는 바로 '그 사람'이기 때문이다.

옛사람들이 "별사람 없다"라고 말하는 건 일리가 있는 것이다. 심하게 말해서, 살인, 도박, 폭행 등 중대한 하자가 없는 한, 서로 맞춰가면서 의지하며 살아가는 게 인생의 진실이다. 끝까지 살아보면 알게 된다. 젊은 시절, 풋풋한 진심으로 열정을 담아 만났던 바로 그 사람이 자신의 운명인 것이다.

어찌 됐든, 이런 건망증에 얽힌 일들이 비일비재해서 나는 이제 이런 상황이 되어도 그저 그런가 보다 하는 마음만 들었다. 그러면서도 옆에서 아내 몰래 점검하고 챙기다 보니, 그런 실수가 한참 동안 줄어들었다는 생각을 하고 있을 때쯤이었다. 당시에 아내는 교직에 있었고, 학교와 집까지의 거리는 대략 1.5Km 정도 떨어져 있었다. 아내의 학교 근처에 재래시장이 있어서, 퇴근할 때 시장에서 장을 봐 가지고 오는 날이 많았다.

하루는 내가 퇴근을 하자, 아내는 입가에 미소를 지으면서 이야기를 시작한다.

"여보! 오늘 어떤 남자가 날 쫓아왔다."

"어떤 놈이?" 하면서 내가 발끈하는 척하며 눈치를 살피자, 아내는 이렇게 말했다.

"오늘 내가 퇴근하면서 운전을 하고 오는 데, 뒤에서 어떤 남자가 자동차 깜빡이를 계속 깜박이면서 쫓아오며 뭐라고 이야기하는 거야."

"그래서?"

"그래서 내가 운전을 잘못한 것이 있나 점검을 해 봐도 잘못한 것도 없었어. 내가 속력을 내지 않고 천천히 간다고 그러는가 싶어, 정속 주행으로 차로를 지키면서 더욱 얌전하게 운전을 하고 왔지."

"그런데?"

"아, 글쎄, 그런데도 계속 따라오면서 뭐라고 하는 거야."

"그래서?"

"그래서, 별 이상한 놈이 다 있네, 지가 바쁘면 추월해 가지, 왜 옆에서 난리야. 난 정속 주행하고 교통법규도 잘 지키고 있는데 어쩌라고, 별, 거지발싸개 같은 놈이 다 있어. 아니 나보고 어쩌라는 거야, 운전 초보라 잘 달리지 못하는 나한테 달리라는 거야, 뭐야. 흥! 별꼴이야! 하면서 속으로 욕을 하고 달리는데, 이제는 내 옆 차선으로 붙어서 막 뭐라고 하는 거야."

아내란 청년에게는 애인이지만, 중년에게는 친구

"그래서?"

"그러거나 말거나 그냥 나는 더 얌전하게 천천히 운전했지. 그런 사람들과 섞이고 싶지도 않고, 상대하다가는 무슨 봉변을 당할까 싶어 아파트까지 얌전하게 왔지. 그런데도 그 사람은 계속 쫓아와 무섭고 두렵기까지 했지. 내가 다른 잘못을 했나 싶어서. 그런데 언뜻 보이는 그 사람의 인상이 그렇게 험하지 않고 위협적이지 않아, 한편으로는 은근히 아직도 내 미모가 돼서 쫓아오는 건가 하는 생각도 했거든? 그리고 백미러에 비치는 내 얼굴도 바라보고 흐뭇해하면서"

"웃기는군. 그래서?"

나는 다음 이야기가 더욱 궁금해져 다시 재촉하며 물었다.

"그런데 내가 아파트에 주차하니까 내 차 옆에 바짝 그 사람이 주차하면서 창문을 열고 뭐라 하는데, 내가 착각 속에 한마디 했지. '왜 그렇게 따라오시는 거예요?' 그리고 계속 착각 속에 주책없이 '나 결혼했어요'하고 이야기했지. 그랬더니 그 남자가 기혼인 것을 안다는 표정을 지으며, '아주머니! 자동차 위 좀 보세요'하는 소리에, 자동차 지붕 위를 보니 지갑과 우산이 나란히 놓여 있는 거야. 창피해서 어쩔 줄 모르는데 그 남자는 다시 '그 지갑과 우산이 떨어지면 다른 차에 사고가 날까 봐 이야기해 주려 따라오는데, 아주머니가 문도 열어보지도 않고 앞만 보고 달리기에 여기까지 따라온 것이지 다른 생각 없으니까 오해는 말아 주세요'라고 하는 게 아니겠어. 그 이야기를 남긴 젊은 남자는 다시 창문을 올리고 인사를 할 겨를도 없이 오던 길로 다시 돌아가는데 창피하기도 하고 멋있어 보이더라."

위험을 알려주려 쫓아오는 사람의 호의를 착각해 오해한 것을 창피하고 미안해하며 아내는 그날의 상황을 설명한다.

이날의 자초지종은 아내가 퇴근하는데 비가 와서 우산을 쓰고 장을 보게 되었단다. 장을 보고 난 뒤, 비가 그쳐 오른손에는 우산과 지갑을 들고 왼손에는 시장에서 산 물건을 들고 차를 타기 위해 자동차 키를 꺼내려고 잠깐 오른손에 든 우산과 지갑을 자동차 지붕에 놓고, 자동차 키로 자동차 문을 열고 시장에서 산 물건만 차에 싣고 오다가 생겨난 일이었단다.

이제는 나이를 먹고 손녀딸 재롱에 푹 빠져 사는 아내는 오늘도 솥에 무엇인가를 태우고는 닦아달라며 손을 내민다. 지금은 주름살이 늘어나고 처음 만났을 때의 아름다움과 매력은 사라졌지만, 그동안 살면서 지루하고 심심할까봐 가끔 사고까지 쳐주는 아내가 아직도 사랑스럽다.

누군가의 이야기 속에, '아내란 청년에게는 애인이지만, 중년에게는 친구이고, 노년에는 간호사'라고 한 말이 새삼 다가온다.

지금껏 함께 고생해온 아내에게 행복을 주기 위해 앞으로 간호사인 아내가 아니라, 지금처럼 영원한 친구이고 동반자이고 위로자만 되길 소원해본다.

Part 2

우리가 인생에서 놓치기 쉬운
다섯 가지

인 생 에 서
놓 치 기   쉬 운   것 ,
가 능 성

—

"이 TV를 환불해 주든가, 아니면 다른 TV로 바꿔 주세요?"

"아니, 왜 무슨 결함이라도 있습니까?"

"아니오, TV에 문제가 있는 것이 아니라, 이 TV 앞에 쓰여 있는 'Made in korea'를 지워 주든가 아니면 교환해 주세요."

이 이야기는 우리나라에서 세계 최초로 1998년 평면 TV를 만들어 영국과 일본 귀족들이 다니는 백화점에 선을 보였을 때 일어난 일화다. 배가 불룩하게 튀어나온 TV만을 보다가 평평하게 생긴 명품 평면 TV를 보고 경쟁하듯이 사가던 자칭 귀족이라고 하는 사람들이 일주일도 되지 않아 반품해달라며 백화점에 몰려와 환불 소동이 벌어졌던 것이다.

처음 이 이야기를 듣는 순간 자존심이 상하고, 화가 나서 흥분했던 기억이 난다. 그러나 지금 냉정하게 생각해보면 한편으로는 이해가 가고, 나도 그러했을지 모른다는 생각을 했다.

만약 내가 좋은 TV라고 자랑스럽게 사다가 거실 중앙 전면에 놓았는데, 그 앞에 쓰인 글씨가 'Made in china'라고 쓰여 있다면 기분이 어떻겠는가.

우리나라의 국가 인지도가 낮았던 당시에는 얼마든지 있을 수 있었던 일이다.

지금은 전 세계 어느 시장에서나 우리의 가전제품들은 1등 대접을 받고 있지만, 당시에는 제품은 일등인데 국가의 인지도가 너무 낮아 제품까지 제대로 대접을 받지 못했던 것이 사실이다.

우리나라의 가전제품이 지금처럼 일등 대접을 받을 수 있었던 것도 저절로 이루어진 것이 아니다. 물론 기업에서 많은 근로자와 연구진 모두 협력해서 최고의 제품을 만든 것이 가장 큰 결과라 할 수 있겠지만, 마케팅 과정에 있었던 숨겨진 이야기를 해보고자 한다.

"무슨 일이라도 생긴 것입니까?"

띠리링~ 띠리링~

이른 새벽부터 모 그룹 비서실장 집에 전화벨이 울린다.

"무슨 전화를 새벽부터 하는 사람이 있어, 여보세요. 누군데 새벽부터 전화하고……."

투덜대며 전화를 받던 비서실장의 목소리가 갑자기 바뀌면서 공손하게 전화 응대를 한다.

"아, 회장님 아닙니까? 무슨 일이라도 생긴 것입니까?"

수화기 속으로 목소리를 점잖게 내려 깐 저음의 음성이 들린다.

"내가 너무 일찍 전화했나 본데 미안하고, 내일, 모레 프랑스 기준으로 저녁 6시에 프랑스 백화점 앞에서 사장단 회의를 할 테니 그룹 내 사장님들은 모두 참석하라고 전하시오. 한 명도 빠짐없이."

딸깍. 회장님 말씀만 하고 전화를 끊는다.

S그룹의 50여 명의 사장은 프랑스 백화점 앞에 서서 몹시 불편한 심기로 눈치를 보며 한 마디씩 구시렁거린다. 아니 보따리상처럼 백화점 앞에서 왜 모이고 난리야. 회의하려면 호텔 회의실에서 해야지 이게 뭐야. 이렇게 구시렁거리는 중에 "회장님 오십니다"라는 이야기에 주변은 쥐죽은 듯 조용하다.

"이렇게 갑작스럽게 모이라고 해서 미안합니다. 다름이 아니라, 여러 사장님께서 그동안 제품을 만드느라 고생들 많이 하셨습니다. 그동안 수고롭게 사장님들께서 잘 만든 상품이 유럽 시장에 얼마나 진출해 있는지를 알기 위해 사장님들을 이 백화점으로 모이게 한 것입니다. 지금부터 사장님들께서 만든 회사 제품을 이 백화점에서 하나씩 사서 가지고 나오시기 바랍니다. 시간은 한 시간 주겠습니다."

그 말을 남기고 회장은 비서진과 함께 건물 속으로 사라진다.

주변은 웅성대는 소리로 소란하다.

한 시간이 흐른 뒤, 회장님이 나타나 무거운 톤으로 이야기를 시작한다.

"자신의 회사에서 생산한 상품을 가져오신 분 있으면 손들어 보시오."

아무도 없다.

회장님은 다시 이야기를 시작한다.

"우리가 물건을 생산하는 것은 판매를 위해 만드는 것인데, 백화점에 납품하지 않았다면 판매를 하지 않겠다는 것입니까? 뭡니까?"

긴 숨을 내쉬고 한참을 기다리던 회장님 말씀이 다시 이어진다.

"다음번 백화점에서 모일 때는 꼭 백화점에 납품해서, 사서 가지고 올 수 있도록 하시기 바랍니다. 오늘 회의는 이것으로 마칩니다."

그곳에 참석해 처음에 투덜대던 사장들은 고개를 숙인 채 아무 말이 없다.

life란 단어에 'if'가 있는 이유

세월은 흘러 일 년이 지난 뒤, 다시 회장님의 비상 회의가 일본 도쿄 백화점 앞에서 열린다는 전갈이다.

사장들은 일본 도쿄 백화점에 납품했는지, 못했는지 확인하느라 혼란스럽다.

백화점 앞에 모여 있는 사장들의 얼굴색도 각양각색이다.

"회장님 나오십니다" 하는 소리에 백화점에 자신의 상품을 납품한 사장들은 환하게 웃으며 '나는 납품했소' 하는 표정이었다. 반면, 납품하지 못한 사장들은 '이제 죽었구나' 하는 기색이 역력했다.

"오시느라 수고했습니다. 그리고 일 년 동안 백화점에 납품하느라 고생하셨고요. 오늘은 사장님들께서 납품한 물건이 어디에 진열되어 있는지 사진을 찍어 오도록 하시오. 시간은 30분 주겠소."

납품했다고 희색이 만만하던 사장들의 표정은 다시 굳어지고 낙담한다. 납품하는 데만 신경을 쓰고, 진열하는 것을 신경 쓰지 못한 것을 크게 후회하고 있을 때 회장은 한마디를 하고 떠난다.

"다음번에는 눈에 잘 띄는 곳에 진열할 수 있도록 하시오."

우리가 물건을 사기 위해 결정하는 순간은 0.7초밖에 걸리지 않는다고 한다. 그런데 별로 알려지지도 않은 물건이 보이지 않는 곳에 먼지를 뒤집어쓰고 있다면, 그것을 찾아 살 사람은 없을 것이다. 그래서 물건을 진열할 때는 사람들의 눈높이에, 손으로 잡기 쉬운 곳에 진열해야 매출이 는다고 한다.

지금과 같이 기술이 고도화된 사회에서는 어떤 특정한 제품의 품질이 엄청나게 차이가 난다고는 생각하지 않는다. 따라서 품질에 있어 별반 차이가 없는 경우엔 누가 먼저 소비자의 마음을 사로잡고 뇌리에 각인시키느냐가 중요하다.

life란 단어에 'if'가 있는 이유는, 삶에는 항상 가능성이 있기 때문이라고 한다. 이것은 개인뿐만 아니라, 국가에도 마찬가지다.

한때 나는 정부 기관의 주재로 일 년에 한두 차례씩 남미와 동남아 그리고 아랍국가의 관료들 앞에서 강의할 기회를 가진 적이 있다. 60년대 우리보다 훨씬 잘 살던 그들이 지금은 우리의 선진 기술을 배우러 온 것을 보면서 난 자랑스럽게 한강의 기적을 이야기하며 우리나라를 소개한다. 영원히 바꾸지 못하고 탈피하지 못할 가난 속에서 피워낸 우리나라의 성장을, 그리고 도저히 바꿀 수 없을 것 같던 국가 인지도를 바꾸고, 세계에서 제일 가난한 국가에서 12번째 강국으로 성장한 우리나라를 말이다.

그리고 본론의 강의를 시작한다.

난 if의 가능성을 믿는다. 그리고 모든 사람에게 이야기한다.

"망설이지 말고 도전하라!(Do not hesitate challenge!)."

그것이 당신을 성장시키고, 당신의 국가를 발전시킬 것이다. 그리고 당신이 원하는 것을 얻을 수 있다고.

우리가 인생에서 놓치지 말아야 할 것들

인 생 에 서
놓 치 기 쉬 운 것 ,
야 망
—

당신 차의 운전대를 누가 잡았는가? 그 차를 누가 운전하는가? 그 운전자는 어디를 가고 있는가? 그 자동차의 종착역은 어느 곳인가? 그곳을 누가 안내하였는가? 모두가 운전자인 당신이 한 것이고, 당신이 해낸 것이다.

이것을 해내기 위해서는 뭔가를 이루고자 하는 꿈이 있어야 하고, 목표가 있어야 한다.

나는 일본의 억지와 우리를 대하는 태도가 너무 싫어 언젠가부터는 일본 여행조차 가지 않고 있었다. 그런데 대학 동창 모임에서 모두의 시간을 맞춰 오랫동안 여행하기 힘드니 가까운 일본을 가자는 말에, 그래도 일본 냄새가 적게 나는 홋카이도의 온천 여행을 떠나기로 했다. 나는 가벼운 마음으로 따라나섰다.

홋카이도에 도착해서 홋카이도의 원주민인 아이누족의 이야기를 가이드에게서 듣는 순간 가슴이 먹먹하고 저리고 아파 왔다. 평화롭고 순박하게 살던 원주민들의 땅을 빼앗기 위해 아이누족의 문화를 말살하고, 일본식 이름으로 바꾸게 하고, 무지막지하게 학살하고, 강제 이주를 시켜 노예처럼 생활하게 했다는 이야기에 우리를 지배했던 일제강점기가 생각났다.

일본인들은 아이누족의 씨를 말리기 위한 아이누족의 완전 학살로 텅 비다시피 한 홋카이도에 가지 않으려는 일본 본토의 원주민을 이주하기 위해 죄수 중심으로 강제 이주시켰다. 이 방법으로 북해도를 지배하게 했다는 이야기에 표리가 완벽하게 다른 일본인들의 내면을 보는 듯했다.

클라크 박사가 미국으로 돌아가기 전,
젊은이들에게 남긴 마지막 연설

일본은 강제 이주시킨 죄수 중심으로 구성된 홋카이도를 새롭게 개척하기 위한 묘책으로 삿포로 농업학교를 세웠다. 그리고 세계적으로 유명한 식물학자이고, 농학자였던 윌리엄 클라크(William S. Clack) 박사를 초대 교장으로 임명한다. 클라크 박사는 특별한 교칙 없이, 자유분방한 분위기 속에서 학생들의 인격을 존중하며 학생들을 지도했다. 그리고 클라크 교장은 어려운 상황에 있었던 일본을 위해 사명감으로 최선을 다해 학생들을 가르쳤다. 그러나 워낙 문제가 많은 학생 때문에 큰 어려움을 겪게 된다.

클라크 박사는 일본에서 올바른 정신과 가치관을 심어주고, 그들에게 비전을 제시하고 싶었다. 그러나 문제가 많은 학생 때문에 클라크 박사는 뜻을 다 펼치지 못하고 미국으로 돌아가게 되었다. 그 직전에, 그가 많은 교수와 학생을 모아놓고 했던 고별 연설의 마지막 말이 바로 그 유명한 'Boys, be ambitious(소년들이여, 야망을 품어라)!'였다.

이는 클라크 박사가 삿포로 농림학교 학생들을 대상으로 한 말이었지만, 동시에 자기 자신에게도 한 말이었다. 그는 이 말대로 살아가려고 노력했고, 자신의 삶을 통해 이 말의 진정한 의미를 확실히 보여주었다. 이 마지막 연설의 일부를 더 소개하면 다음과 같다.

BOYS, BE AMBITIOUS, not for money, not for selfish accomplishment, not for that evanescent thing which men call fame. Be ambitious for attainment of all that a man ought to be.

(소년이여, 야망을 가져라. 돈을 위해서도 말고, 이기적인 성취를 위해서도 말고, 사람들이 명성이라 부르는 덧없는 것을 위해서도 말고, 단지 인간이 갖추어야 할 모든 것을 얻기 위해서……)

평범함과 특별함의 갈림길에서

부와 명예가 한낱 욕망의 표현일 때, 그것은 진정한 야망의 장애물로 보아야 한다. 그러나 우리는 '야망'이라는 순수한 열정의 목표를 가질 때, 인생에 보다 생명력을 쏟아붓게 된다. 평범함 속에 행복이 있다고는 하나, 그와는 달리 모든 인간에겐 그 사람 나름의 특별함이 있게 마련이다.

그게 바로 재능이다. 이 재능을 계발하고 발전시키는 원동력이 무엇일까. 그건 바로 여기서 내가 말하고자 하는 '야망'인 것이다. 앞서 클라크 박사가 일본을 떠나기 전에 했던 연설에서도 바로 이 야망의 중요성을 말한 것이다.

야망은 청년들에겐 삶의 에너지다. 인생의 원동력이다. 요즘 젊은 사람들은 야망이 없다는 말을 많이 한다. 청년들에게 그 야망을 뺏어버린 것은 다름 아닌 희망 없는 사회를 만들어낸 기성세대라는 책임론도 있다. 그러나 이러한 현실 속에서도 야망을 잃지 않는 사람만이 한번뿐인 인생에서 생동감 있고, 원기 넘치는 삶을 만들어나갈 수 있는 것이다.

"이 세상이 나의 야망을 빼앗아 가버렸어."

"먹고 살기도 힘든 세상에 무슨 얼어 죽을 야망은 야망이야!"

"야망이 있는 삶은 피곤해, 난 길고 가늘게 살아갈 거야."

이런 넋두리를 하는 젊은이들도 있을 수 있다. 그러나 세상이 당신을 속일지라도, 결국 자신의 삶에 책임을 져야 할 사람도 당신 자신이라는 것을 잊지 말기를.

이 세상이 많이 혼탁하고, 어지럽다고 하더라도 한 사람의 인생은 여전히 계속된다. 그것은 가장 최악의 상황인 전쟁이 일어나더라도 마찬가지다. 이 세상이 아무리 어렵고 척박하더라도 당신의 삶은 지속된다. 이건 불변의 진리다.

역사를 되돌아보면, 그 어떤 시대라도 혼돈의 시기가 아닐 때가 적었을 것이다. 그렇다고 모든 개인이 세상을 원망하면서, 때를 잘못 만났다고 좌절하며 적당하게 인생을 살아가진 않았을 것이다. 아무리 모진 시대라고 하더라도, 그 속에서 개인이 어떤 건강한 야망을 갖고, 목표를 향해 매진한다면 분명 그 사람의 삶은 달라질 것이다.

'가늘고 길게' 역시 좋다. 각 개인의 가치관을 갖고, 어느 것이 좋다, 나쁘다를 논하자는 건 아니다. 하지만 젊을 때라면 한번쯤은 클라크 박사의 말대로, 매섭게 자신의 목표를 향해 전력질주해보는 야망을 가져보는 건 어떨까.

당신의 종착역은 어디인가? 당신이 원하는 것은?

지금까지의 내 인생은 내가 내 운전대를 잡고 운전해온 결과이고, 지금부터 운전한 결과는 당신의 미래가 될 것이다.

내 인생은 누가 대신 책임을 다해주는 것이 아니라, 내가 내 등에 내가 지고, 내가 나가야 하는 '나의 몫'이다. 이 때문에 내 삶은 내가 스스로 책임을 져야 한다. 지금의 나의 모습은 과거의 내가 노력한 결과이고, 지금 노력한 결과는 10년, 20년 후의 내 모습이라는 것을 명심하길 바란다. 그리고 이렇게 외치길 바란다. 클라크 박사의 말대로……

"BOYS, BE AMBITIOUS!(소년이여, 야망을 가져라!)"

인 생 에 서
놓 치 기 쉬 운 것 ,
자 신 감

—

구약 성서에 보면 다윗과 골리앗의 이야기가 있다.

그 내용을 보면 블레셋이라는 나라와 이스라엘은 전쟁을 하게 된
다. 그런데 어린 다윗은 전쟁터에 나간 형들에게 곡식과 빵을 좀 가
져다주고 형들이 잘 있는지 알아보고 오라는 심부름을 가게 된다.

다윗은 전선에 도착하여 형들을 찾던 중 블레셋의 거인, 골리앗이
나와서 이스라엘 백성을 조롱하는 모습을 보게 된다. 그는 40일 동
안 매일 아침저녁마다 싸움을 걸어오면서 이렇게 소리쳤다.

"나와 맞서 싸울 자를 골라 이리로 보내라. 만약 그자가 이겨서 나
를 죽이면 우리가 너희 종이 되겠다. 그러나 내가 이겨서 그자를 죽
이면 너희가 우리 종이 되어야 한다. 자, 나와 결판을 낼 자를 보내
라."

이 광경을 지켜보던 다윗이 군인들에게 물었다.

"만약 저 골리앗을 죽이고 치욕스러운 이 상황에서 이스라엘을 구해 낸다면 어떤 상을 받게 됩니까?"

그러자 군인들은 이렇게 대답했다.

"왕이 후한 상을 내릴 뿐만 아니라, 자신의 딸과 결혼시켜 줄 것이라고 약속했단다."

그러나 이스라엘 군인들은 골리앗의 풍채에 겁을 먹고 그 누구도 감히 도전할 엄두도 못 내고 있었다. 그도 그럴 것이 골리앗의 키는 3m나 되었다. 또 그는 일반 병사들의 신장만큼 큰 칼을 들고 있었다. 이 모습에 모든 병사는 그냥 주눅이 들어 있었다.

이 광경을 본 다윗은 사울(이스라엘의 첫 번째 왕)에게 가서 자신이 골리앗과 싸우겠다고 보고했다. 이에 사울 왕은 탄식하면서 다음과 같이 말했다.

"다윗아! 넌 너무 어려서 안 된다. 그리고 골리앗 저자는 힘도 세고 싸움도 잘할 뿐만 아니라 평생을 군인으로 지낸 자다. 그러니 네 용기와 나라를 위하는 애국심은 가상하지만, 불가능한 싸움은 목숨만 잃게 되고 만단다."

이 말에 다윗은 이렇게 대답한다.

"사울 왕이여! 저는 양을 물어 가는 곰도 잡았고, 사자도 죽였습니다. 저 골리앗도 그것들처럼 잡고 말겠습니다. 저를 싸움터에 보내주십시오."

다윗의 이 말에 사울 왕은 그제야 겨우 승낙을 내렸다.

"그래, 그럼 네가 나가 싸워 이겨서 우리 이스라엘을 구해 다오."

인생에서 길고 짧은 것은 일단 시작해봐야 안다

사울왕의 허락을 받은 다윗은 개울가로 내려가 매끄러운 돌 다섯 개를 골라 주머니에 넣고 돌팔매질을 할 수 있는 무릿매(노끈에 돌을 매어 두 끝을 잡아 휘두르다가 한쪽 끝을 놓으면서 멀리 던지는 팔매)를 가지고 골리앗과 맞서기 위해 앞으로 나서며 소리쳤다.

"골리앗, 네 이놈! 너 정도의 상대는 우리 군인들로는 아까워 내가 상대를 해주겠다. 어서 나와서 나를 상대해라."

골리앗은 소리치는 어린 다윗을 보자 어이가 없었다. 그는 다윗은 자신의 상대가 되지 않는다고 생각하며 외쳤다.

"그래, 어서 나와라. 애숭이 꼬마야! 내가 네 몸을 박살 내어 새와 들짐승의 밥으로 만들어 주겠다."

그러자 다윗은 다시 이렇게 외쳤다.

"너야말로 내 앞에 너의 칼과 장창을 떨어뜨린 채, 무릎을 꿇고 죽게 될 것이다. 앞으로 나와서 내 무릿매질의 돌팔매를 맞아봐라. 나야말로 널 쳐서 쓰러뜨리겠다."

말을 마치고 다윗은 골리앗 쪽으로 달려갔다. 그리고 그는 주머니에서 돌 하나를 꺼내어 무릿매 끈에 매고 무릿매질을 시작했다. 순간, 그 돌은 날아가 골리앗의 이마를 정통으로 맞혔다. 그리고 골리앗은 쓰러져 죽게 된다. 이 광경을 본 블레셋 군인들은 모두 달아났고, 이스라엘 군인들은 그들을 쫓아가 승리를 거두었다는 다윗과 골리앗의 싸움 이야기가 있다.

맞닥뜨려보지 않고 미리 주눅 들 필요는 없다

그런데 우리는 이 유명한 '다윗과 골리앗의 싸움 이야기'에서 특별히 주목할 것이 있다. 이스라엘 군인 중에는 다윗보다 더 뛰어난 사람도 있고, 싸움도 잘하고 힘센 사람이 많이 있었을 것이다. 그런데 왜 아무도 다윗처럼 골리앗에게 도전하지 못하고 40일 동안이나 굴욕을 당했을까.

사람들은 세상을 살면서 자신이 가장 잘하는 재능을 찾아 그것을 발휘하는 사람도 있으나, 대부분 사람은 자기가 잘하는 것을 먼저 찾기보다 상대가 잘하는 것을 보고 자신감을 잃는다. 그리고 해보지도 않고 스스로 무너진다. 특히 상대가 강하면 강할수록 사람들은 혼자 주눅이 들어 상대와 겨룰 생각조차 하지 않고 포기하는 일이 많다.

키가 3m나 되고 병사들 키보다 더 큰 칼을 들고 외치는 골리앗의 기세에 눌려 이스라엘의 병사들은 누구도 골리앗과 맞서 싸울 생각을 하지 못했다. 그런데 군인도 아닌 어린 다윗이 골리앗에 도전할 용기를 갖고, 싸워서 골리앗을 쓰러뜨리고 승리할 수 있었던 이유는 무엇일까.

항상 승승장구하던 골리앗이 작고 연약해 보이는 다윗에게 처참하게 무너진 이유는 다윗만의 방법 때문이었다. 그것은 일반 군인들과 달리 골리앗이 잘하는 것을 본 것이 아니라, 다윗은 스스로가 잘하는 것이 무엇인가를 잘 알고 자신의 방식으로 싸움을 했기 때문이다.

바로 남의 방식이 아닌 '자신의 방법'으로 싸운 것이다.

내가 못하는 것으로 남에게 승부를 건다면 승리할 확률이 낮겠지만, 내가 잘하는 것으로 남과 승부한다면 성공할 확률은 훨씬 높아질 것이다. 내가 못하는 것으로 스스로 기죽거나 과소평가하지 말자. 그리고 내가 못하는 것을 잘하려 노력하느라 시간을 낭비하는 것보다, 내가 잘하는 것을 더욱 잘할 수 있도록 갈고 닦는 것이 '다윗 따라잡기'가 아닐까.

우리는 모두 이제부터 해보지도 않고 기부터 죽는 일은 하지 말도록 하자. 세상만사 모두가 뚜껑을 열어봐야 그 결과를 알 수 있다. '끝날 때까지 끝난 것이 아니다'라는 유명한 영화 대사도 있지 않는가. 미리 주눅 들지 말고, 이판사판 끝까지 가보는 자신감이야말로 인생에서 결코 놓쳐서는 안 되는 것 중 하나이다. 우선 자신을 믿어라. 그리고 끝까지 가보라. 그러면 때로는 자신이 생각했던 것과 달리, 의외의 결과를 만날 수도 있을 것이다. 우리 모두 가끔은 자신 속의 다윗을 발견하도록 하자.

인 생 에 서
놓 치 기 쉬 운 것 ,
기 회

—

　알트슐러(G. S. Altshuller)는 러시아에서 태어나 13세 때 특허를 취득했다. 그 후 해군에 입대하여 선박, 잠수정, 함포를 수리하는 임무를 맡았다. 그러던 중, 문제 해결의 공통점을 발견하고 이 문제를 해결하려 건의를 해도 좋은 의견을 수용하지 않는 정부에 불만을 품었다. 그리고 러시아 정부의 무능함과 스탈린의 실정에 대해 소비에트 연방에 비난의 편지를 보낸다. 이것을 문제 삼은 소비에트 연방정부에서는 알트슐러를 체포하여 시베리아 정치범 수용소에 보내버린다. 알트슐러는 이러한 고난 속에서도 자신에게 그 상황을 유리하게 만들 수 있는 방법이 무엇인지를 생각하게 된다.

　알트슐러는 정치범 수용소에 수감된 사람들을 한 사람씩 만나면서 소비에트의 석학들이 다 모여 있다는 사실을 발견하고 수용소에 있는 동안 공부할 계획을 세운다. 그리고 수용소에 갇힌 수십 명의 석학들 한 사람 한 사람의 교수들에게 각각 교수 임명장을 만들어 수여하고, 지식의 도움을 청한다. 수용소에서 무료함과 자신의 지식을 표현하고 싶어 하던 교수들은 자신을 알아주는 사람이 있다는 데 만족한다. 그리고 알트슐러에게 자신이 가지고 있는 지식을 전수하게 되고, 알트슐러는 개인적으로 사사를 받게 된다. 한 사람에게서 다 배우면 다음 사람을 선정하고, 다시 그 다음 사람을 선정하면서 수십 명의 교수와 과학자, 예술가에게 엄청난 최고의 지식을 습득하는 계기를 마련한 곳이 바로 수용소였다.

1954년 스탈린이 사망한 후, 수용소에서 풀려난 알트슐러는 그후 10년 동안 러시아의 특허 40만 건을 분석하고 연구한 끝에 트리즈 기법을 만들게 된다. 이 트리즈 기법은 1998년 미국으로 건너가 미국 TRIZ 협회가 생겨나면서부터 전 세계로 보급되게 된다. 그 뒤 1998년 6월, 알트슐러는 72세의 나이로 사망하게 된다.

위기를 기회로 만든 또 다른 사람

도스토옙스키(1821~1881)는 인생 자체가 한 편의 소설이라 할 정도로 정말 파란만장한 삶을 살았다. 아버지가 농노들에게 살해당했고, 어릴 적부터 이어져 왔던 가난, 그리고 사형선고 후 집행 직전 특사로 풀려나 혹독한 시베리아로 유배를 떠난 일, 광적인 도박 중

독, 여인에 대한 집념의 애정 등 그를 대표하는 키워드는 참으로 다양하다.

그는 사형 집행 직전 이런 생각을 하게 된다. 자기가 죽기 전에 주어진 5분의 시간으로 무엇을 할까 망설이다가, 아무것도 하지 못하고 죽음을 맞이하게 되면서 이렇게 되뇌인다.

"아, 시간이 이렇게 소중하구나, 그렇게 많은 시간을 허비했는데, 정작 죽기 전에 내가 반성할 시간조차 없구나. 이렇게 소중한 시간을 그냥 흘려보내다니!"

그는 이렇게 탄식하며 "내가 다시 이 세상에 태어난다면 절대 시간을 낭비하지 않을 것이다"고 다짐을 하며 눈물을 흘렸다고 한다. 그런데 뜻밖에도 그에게 사형 집행 직전, 사형 집행 중지 명령이 떨어졌다. 그리고 특사로 풀려나 다른 수용소로 이송을 하게 된다. 다른 곳으로 이송이 된 그는 사형 집행 직전에 다짐했던 이 약속을 지키기 위해 스스로가 잘할 수 있는 것이 무엇인가를 찾게 되었고, 그것이 글쓰기란 사실을 깨달았다. 그 당시 종이와 펜이 없던 그는 머릿속으로 글을 쓰게 된다.

그러나 머릿속으로만 글을 쓰다 보니, 며칠만 지나면 머릿속으로 쓴 내용이 다 잊히고, 내용이 뒤죽박죽 혼란스럽게 되었다. 노력 끝에 종이는 구할 수 없었지만, 어렵사리 볼펜을 구해 머릿속으로 쓴 글의 키워드를 자신의 몸에 기록하기 시작한다. 그리고 수용소에서 출소할 때까지 몸에 기록한 키워드가 지워질까 봐 목욕하는 것도 조심했다고 한다. 그는 출소 후에 몸에 기록된 그 키워드를 보고 소설을 쓰게 되고, 유명한 작가가 되었다.

애벌레는 세상이 끝났다고 생각하는 순간,
나비로 변한다.

　사람은 누구나 인생에서 비슷하게 세 번의 큰 기회를 맞이한다는 말이 있다. 그런데 누군가의 인생은 성공하고, 또 누군가의 인생은 실패하기도 한다. 그 차이점은 무엇일까. 모든 사람에게 찾아오는 '기회의 질량 불변의 법칙'인데, 왜 성공하는 사람과 실패하는 사람으로 나누어지는 걸까.

　그 이유는 기회가 찾아와도 그것이 기회라고 깨닫지 못하는 사람도 많다는 것이다. 기회는 항상 이마에 '기회'라고 써 붙이고 찾아오지는 않는다. 정말 불운의 연속에서 상황이 안 좋은 환경에서도 기회는 우리를 찾아온다. 앞서 예로 든 알트슐러나 도스토옙스키도 객관적 상황은 누가 봐도 좋은 환경은 아니었다. 하지만 그들은 결과적으로 성공한 삶을 살았다. 그 이유는 두 사람 모두 자기에게 찾아온 기회를 알아보는 혜안을 가졌기 때문이다.

　이 기회를 알아보는 지혜는 다르게 말하자면, '긍정적 마음'이다. 모든 것을 긍정적인 시각에서 바라본다면 절망적인 상황에서도 자신에게 이로운 기회를 발견할 수 있다. 하지만 부정적인 마음으로 바라본다면 해답은 전혀 보이지 않는다. 사방이 꽉꽉 막힌 감옥에 갇힌 듯한 기분이 들어 출구는 전혀 보이지 않을 것이다.

나는 예전에 어떤 건물의 공중화장실에 들어갔다가 낭패를 본 일이 있었다. 그 경험을 잠시 말하자면, 일종의 코미디 같은 경우이다. 나는 급하게 볼일을 해결하러 화장실 문을 열고 들어가 시원하게 할 바를 마쳤다. 그런데 뜻밖의 볼일이라, 약속 시간은 이미 얼마 남지 않았던 상태였다. 마음이 급해지니까 정신이 없어지고 불안해졌다. 그런 탓인지 쉽게 문을 열고 들어왔던 화장실에서 나가려니 문이 열리지 않는 것이 아닌가. 나는 젖 먹던 힘을 다해서 문을 밀었지만, 꿈쩍도 하지 않았다.

중요한 약속시간은 점점 다가오고, 나는 소위 '멘붕'에 빠져버렸다. 그러다가 그냥 자포자기의 심정으로 문을 당겨보았다. 그런데 너무 쉽게 문이 열리는 것이 아닌가. 이 무슨 코미디 같은 일인지. 나는 당겨야 열리는 문을 바보처럼 한참 동안 죽을 힘을 다해 밀어대고 있었던 것이다. 나중에 이런 나의 코미디 같은 경험담을 주변에 말했더니, 의외로 나와 비슷한 체험을 한 사람들이 더러 있었다. 나는 왜 이런 일들이 일어나는지 곰곰이 생각해 보았다. 그런데 그 범인은 바로 '불안감'이었다. 불안감이 우리를 판단 제로로 만들어버리는 것이었다.

인생도 마찬가지다. 우리는 막다른 골목에 몰렸을 때 절망감에 빠져 평소보다 더 못한 판단을 하기도 한다. 그러면 사태는 더 나빠지게 마련이다. 긍정적 마인드가 그래서 중요하다. 기회는 이처럼 절망적인 순간에도 긍정적인 관점을 가질 때 자신의 눈에 마법처럼 나타나는 법이다.

에디슨은 전구를 발명하기 위해 9,000번의 실패를 할 때마다, 다음과 같이 말했다고 한다.

"나는 실패한 게 아니고, 잘되지 않는 방법 9,000가지를 발견한 것이다."

절망은 우리의 눈을 멀어버리게 한다. 하지만 절망이 희망의 문으로 바뀌는 건 순식간이다. 꿈쩍도 않고 열리지 않던 화장실 문이 너무나 어이없이 열려버린 순간처럼 말이다. 애벌레는 세상이 끝났다고 생각하는 순간 나비로 변한다.

절망과 희망은 이처럼 한 끗 차이일 수도 있다. 이 세상이 끝난다고 또 다른 세상이 열리지 말란 법도 없다. 세상살이에 지치고 각박한 현실에 힘들어하는 많은 사람이 알츠슐러나 도스토옙스키처럼 위기를 기회로 삼을 수 있으면 좋겠다.

이 두 사람처럼 긍정적인 자세로 위기를 맞이한다면, 그 위기가 황금 같은 기회로 둔갑하는 일이 생길 것이다. 이럴 때 "기다리는 사람에게 좋은 일이 생기지만, 두들기며 찾는 사람에게는 더 좋은 일이 생긴다"는 말이나, "가시에 찔리지 않고서는 장미꽃을 얻을 수 없고, 고여 있는 물은 썩는다"는 말은 음미해 볼 만한 것이다.

인 생 에 서
놓 치 기 쉬 운 것 ,
만 족 감

—

　　예전에 나는 약간의 대지를 구입해서 20여 평의 연구실 건물을 짓고, 나머지 200여 평 정도를 잔디밭으로 만들어 달라고 업자들에게 맡겼던 일이 있었다. 당시 나는 몸은 좋지 않아 현장에 나갈 형편이 아니었기에, 완공 후에야 연구실에 나가보았다.

　　그때의 잔디밭은 연구실 문 앞쪽에만 조금 심어 놓고, 나머지 잔디는 자루에 넣은 채로 한쪽 구석으로 방치해 놓아 썩고 있었다.

　　나는 이 연구실에 입주해 연구실 주변은 바윗돌로 채우고, 바윗돌 사이는 개나리, 진달래꽃, 잔디 등으로 채워서 봄이면 형형색색의 꽃이 피도록 꾸몄다. 그리고 연구실 앞마당 전체를 잔디로 채우고, 시간이 날 때면 하릴없이 넓은 연구실의 앞마당 잔디밭에 앉아 잡초를 뽑았던 기억이 난다.

　　투자한 시간에 비교하자면 결과는 초라했지만, 땀 흘리고 노력한 작은 흔적이 나타난 만큼 만족하며 행복을 찾은 일이 있었다.

그 후 사정이 생겨 연구실을 팔고 몇 개월이 지난 뒤, 나의 숨결이 남아 있던 그곳이 그리워졌다. 다시 찾아가 보니 내가 그토록 정성을 기울였던 흔적들은 모두 사라지고, 높다란 빌딩을 세우는 작업이 진행되고 있었다. 사람들은 남의 죽음을 보고도 자기의 죽음은 모르고 산다고 했는데, 흔적 없이 사라진 연구실을 보며 빈손으로 왔다가 빈손으로 가는 것이 인생이란 것을 새삼 실감했다.

뙤약볕 잔디밭에서 종일 땀을 흘리며 잡초를 뽑으면서, 그것이 전부인 양 생각하고 영원할 것으로 착각했던 순간이 떠오른다. 그리고 깨끗해진 잔디밭을 보면서 만족해하던 순간들…….

오직 내가 사용한 것만이 내 것일 뿐

세상에선 죽은 사람을 '돌아가셨다'고 말한다. 어찌 보면 우리가 한 줌의 흙이 되어 원래 있던 곳으로 돌아가 나무와 꽃들의 거름이 되어 다시 새 생명을 싹틔우는 것처럼, 죽은 사람이 '돌아간 사람'이라면 살아 있는 사람은 '앞으로 가는 사람'이라는 뜻이다. 앞으로 가는 사람이 앞으로 나가는 길의 방향을 잃는다면 그 사람은 방황하는 사람이 될 것이고, 표류하는 삶을 살게 될 것이다.

죽음을 앞둔 사람 앞에서는 세상의 모든 것이 모두 무용지물이고 허상이다. 세상을 올바르게 살면서 그 순간에 매진하고 땀을 흘리고 만족할 수 있다면 그것이 앞으로 나가는 삶이고, 인생을 표류하지 않고 만족하게 사는 삶이라 할 수 있다.

무너지고 사라진 나의 연구실을 보면 누군가의 이야기가 떠오른다. 오직 내가 사용한 것만이 내 것일뿐, 남에게 맡겨두거나 은행에 둔 것은 내 것이 아니라고……

잡초가 없는 잔디밭을 만들기에 전력투구하며 종일 땀을 흘렸어도 잡초가 없이 가꾼 잔디밭을 보면서 행복감을 느꼈는데, 사라진 것을 본 순간 인간이 추구하는 그 모든 것은 허구라는 사실에 허탈하다.

"행복한 삶을 살고 싶다면, 사람이나 사물이 아닌 목표에 의지하라"고 했던 아인슈타인의 말이 떠오른다.

우리가 빈 것을 채우며 행복해 하는 행복이란 양으로 채워지는 것이 아니라 마음으로 채워지는 것이며, 절대적인 것이 아니라 상대적이란 것을 새삼 느낀다.

행복이란 소박한 만족감에서 오는 것

행복이라는 것은 대단한 만족감에서 비롯되는 것이 아니다. 내 지인은 홍시를 무척 좋아하는데, 11월이면 홍시 철이 되어 대봉감을 먹는 게 인생의 즐거움 중 하나라고 한다. 이 이야기를 주변인에게 했다가 "행복의 순간이 참 소박하다"라는 말을 들었다고 한다.

나는 인생에서 큰 부나 명예뿐만 아니라, 이러한 소박한 만족감이 주는 행복이 더 중요할 수도 있다고 생각한다. 인생을 끝까지 살아본 사람들은 하나같이 '별것도 아닌 인생'이라고 평한다. 어릴 때 바라보았던 수평선처럼 그 너머 더 넓은 바다로 나가면 무언가 신세계가 펼쳐질 것만 같았던 그 심정처럼, 우리는 인생의 끝을 향해 달려간다. 하지만 그 끝에 이르면 모두가 하나같이 이야기하는 건 한낱 꿈처럼 인생이 무척이나 짧고 허무하다는 것이다.

이러한 인생에서 우리가 쉽게 놓치기 쉬운 것이 바로 '소박한 만족감'이다. 요즘 유행하는 '소확행(소소하지만 확실한 행복)'이 바로 이런 맥락에서 나온 말일 것이다. 홍시를 좋아하는 사람은 제철이 되어 대봉감을 찻숟가락으로 듬뿍듬뿍 파먹으면서 느끼는 그 달콤하면서도 부드러운 맛에 카타르시스 같은 행복감을 느낄 수 있다. 이것이 바로 소소하지만 확실한 행복이다.

행복의 실체가 대단히 크고 멋진 것이라고 생각하여, 이런 일상에서의 작지만 진정한 행복을 흘려보내고 산다면 그게 바로 인생을 낭비하는 것이라고 나는 생각한다. 인생의 참맛은 이런 소소하고 작은 즐거움이다. 이러한 사소한 쾌락을 무시해버린다면 우리는 삶에서 깊고도 진정한 참 행복을 놓쳐버리는 셈이 된다.

때로는 작고 예쁜 커피잔 하나를 사서 그 잔으로 매일 커피 한 잔을 마시는 것이 소확행일 수도 있다. 사람마다 느끼는 작은 행복의 포인트는 다를 것이다. 각자가 진정한 만족감을 느낄 수 있는 그러한 지점을 찾아내서 혼자 즐기는 것도 인생에서 놓치면 안 되는 것 중 한 가지다.

작은 행복을 많이 가지는 사람일수록 인생 전체를 아름답고 행복한 순간으로 많이 채우는 셈이다. 살아보면 인생은 큰 사건 하나로 행복해지지 않는다. 이렇게 소소한 행복의 순간들을 많이 발견할 때, 우리 삶은 그 어떤 것에도 무너지지 않는 단단한 행복의 성을 지을 수 있는 것이다. 작은 것에도 만족하는 아름답지만 특별한 행복의 순간들을 즐길 수 있길 바란다.

당신의 종착역은 어디인가? 당신이 원하는 것은?
지금까지의 내 인생은 내가 내 운전대를 잡고 운전해온 결과이고,
지금부터 운전한 결과는 당신의 미래가 될 것이다.
내 인생은 누가 대신 책임을 다해주는 것이 아니라, 내가 내 등에 내가 지고,
내가 나가야 하는 '나의 몫'이다.
이 때문에 내 삶은 내가 스스로 책임을 져야 한다.
지금의 나의 모습은 과거의 내가 노력한 결과이고,
지금 노력한 결과는 10년, 20년 후의 내 모습이라는 것을 명심하길 바란다.

Part 3
'우리는 함께 가고 있다'는 사실을 받아들이기

인생이라는 길을
나와 함께 가는
사람들

—

바람은 휘-잉 소리와 함께 쌩쌩 불며 흰 눈을 사정없이 흩뿌리는 추운 겨울이었다. 눈보라가 휘날리는 길가에 추위에 떨며 곧 쓰러질 듯한 모습으로 힘들게 한 발자국씩 발을 옮기는 초라한 노인이 있었다. 그리고 마침 이 모습을 흘끗 바라보며 노인의 옆을 지나가는 한 젊은이가 있었다. 그때 쓰러져 가던 노인이 기어들어 가는 목소리로 이야기한다.

"젊은이, 날 좀 도와주시오. 너무 힘들어 걸음을 걸을 수 없어서, 이대로 가다가는 얼어 죽을 것 같으니 도와주세요."

이렇게 간절한 노인의 부탁을 듣고도 그저 흘끗 흘겨보며 청년은 혼잣말했다.

"아니, 나도 걷기조차 힘들어 죽겠는데 누굴 도와준단 말이오. 이 산을 넘으려면 혼자 빨리 재촉하며 넘어도 어둠이 오기 전에 넘기가 힘들 것 같은데……."

그러고 나서 젊은이는 빠른 걸음으로 바람을 일으키며 노인 옆을 스쳐 지나간다.

이윽고 노인이 추위 속에 떨며 쓰러져 갈 때쯤, 다른 젊은이가 그 길을 걸어오고 있었다. 젊은이는 쓰러져 가는 노인을 바라보고 다가가 이렇게 말했다.

"아저씨! 정신 차리세요. 힘을 내셔야 합니다. 여기서 쓰러지면 안 돼요."

젊은이는 노인을 부축하고 둘러업었다. 그리고 이 노인을 업은 젊은이는 추위 속에서도 땀을 흘리며 산길을 열심히 걷기 시작한다. 밤새 눈보라가 치는 산길을 걸어 고개를 넘어오던 젊은이는 힘이 다 빠지기는 했지만, 추위는 이길 수가 있었다. 날이 밝으며 고개를 다 넘어올 때쯤 눈길에 빠져 죽어 있는 젊은이가 발견되었다. 늦을 수 있다면서 노인을 외면하고 먼저 갔던 젊은이였다.

이 내용은 내가 중고등학교에 다닐 때 〈샘터〉라는 책 뒤표지에 실렸던 글이 떠올라 생각나는 대로 써본 것이다.

우리는 인생을 살면서 흔히 다른 사람들과 자신의 인생이 분리되어 있다고 생각한다. 하지만 이 세상은 가만히 살펴보면 모두가 다 연결되어 있다. 우리가 오늘 만나는 사람들도 다 어떤 인연이 있어서 만나게 된 것이 아닐까. 불교에서는 '스치는 것'도 인연이라고 했다.

하물며 우리가 살아가면서 만나는 모든 만남 속에 그 인연이 들어있지 않을까.

　요즘 젊은 사람들은 '나는 나, 너는 너'라는 생각을 지니고 있는듯하다. 개인의 영역은 물론 존중되어야 하지만, 다른 사람들과 함께하고 있다는 인식은 전제되어야 한다. 이 세계가 나 하나로 이루어져 있지 않듯이, 세상은 모든 동식물과 인간이 함께하는 곳이다. 내가 만나는 모든 사람과의 인연을 소중히 여길 때, 인생은 허무하지 않을 수 있다. 모든 것은 연결되어 있다는 사실을 항상 기억한다면, 작은 만남에도 소홀히 하지 않을 것이다. 또 함께 가는 길은 심심하지도, 외롭지도, 쓸쓸하지 않고 따뜻함이 있어 좋다.

지금 당장은 힘들지만,
눈길을 동행하는 사람처럼

　우리가 사회에서 동행해야 할 사람은 모든 분야에 너무 많다. 모두 다 중요하겠지만, 우선 먼저 동행해야 할 곳이 학교 교육 현장이라고 생각한다. 우리가 인생을 살면서 '학교'라는 곳을 거쳐 가지 않는 사람은 드물다. 일반적으로 모든 사람은 학교라는 곳을 학생으로서, 그리고 나중에는 학부모로서 접하게 된다. 바로 이 학교에서 우리는 '동행'이라는 의미를 먼저 배워야 할 것이다.

앞서 소개한 이야기에서도 뒤처진 노인을 보듬고 함께 가는 젊은 이의 태도는 우리가 인생에서 살아가면서 가져야 할 상징적인 모습 이다.

우리 교육현장은 다양한 학생들의 집합체이다. 이 교육현장에서 성취를 이루는 것은 가정적 배경 변인에 큰 영향을 받는다. 출발선의 불리함 때문에 좌절하고 힘들어하는 학생들을 학교 현장에서 쉽게 만날 수 있다. 우리는 이 학생들을 동행할 수 있게 보듬어 안아, 당당 하게 우리 사회의 성원으로 설 수 있도록 도와야 할 것이다.

오늘 낙오하고 있는 아이들에게 우리가 작은 정성과 노력을 소홀 히 해서 그들이 잘못 성장하여 사회의 성원이 되었을 때, 우리 사회 가 부담해야 할 위험 요소가 적지 않음을 생각해야 할 것이다. 앞선 이야기에서 노인과 함께 갔던 젊은이는 추위를 이겨내고 살아났던 반면, 눈앞의 수고로움만 번거로워 혼자 길을 떠났던 젊은이는 얼어 죽어버렸다는 이야기를 그냥 스쳐 가서는 안 될 것이다.

우리네 인생도 그렇다. 다들 가정형편이 다른 환경에서 자라는 아 이들을 우리 아이가 아니라고 보살피지 않고 신경 쓰지 않는다면, 지 금 당장은 편할지 모른다. 하지만 나중에는 오히려 우리 자신에게 해 악이 되어 올 수 있다.

인생이란 다 같이 가는 것이다. 우리는 이 사실을 인정하고 받아 들여야 한다. 오늘 내 아이만 신경 쓴다면 나중에 내 아이가 살아가 는 사회의 부담은 그만큼 더 늘어갈 것이다. 그 사회 비용 또한 역시 우리 아이가 져야 할 것이다. 좋든 싫든, 모두가 함께 살아내야 하는 이 세상이라는 것을 잊지 말아야 한다. 선의에서든, 자신의 아이를 위해서든 남의 집 아이도 잘 챙겨야 한다.

아직 시작하는 출발선에 선 아이들이다. 함께 가야 한다. 조금 뒤처져 있지만, 격려하고 함께해서 같이 걸어야 한다.

하우젠(Husen)은 "교육의 목적이 학교에 다니는 데 있는 것이 아니라, 사회에서 살아가는 데 필요한 것을 배우는 데 있으므로 배울 것은 누구나 제대로 배워야 평등교육이다"라고 말하고 있다.

지금 당장은 힘들지만, 눈길을 동행하는 사람처럼 우리가 어려운 이웃과 동행할 때 우리의 사회는 더욱 밝아질 수 있을 것이다. 또 우리 삶도 더 행복해질 수 있다. 모두가 불행한데, 나 혼자만 행복하다면 그건 진정한 행복이 될 수 없을 것이다. 다 같이 행복한 세상에서, '너도 행복하고 나도 행복한' 사회를 만드는 게 우리가 해야 할 일이다.

'나 혼자쯤이야'라는
생각은 모두를
위험하게 한다

—

동계 올림픽의 축제장이 되어야 할 이 땅에서 제천 화재와 밀양 세종병원 화재로 인한 인명피해 이야기가 한반도를 뜨겁게 달군 적이 있다.

그런데 아직도 긴급 후송 차량의 응급벨 소리나 화재 출동 벨 소리를 가끔 들으면서 주변을 돌아보면 응급 차에게 차도를 양보하지 않는 차량과 차도를 불법 점령한 차량 등이 눈에 뜨인다.

119안전센터는 도시 어느 곳이든 화재가 발생하면 대부분 5분 이내에 도착할 수 있는 곳에 있다. 그러나 오늘날 우리의 현실은 소방차가 진입해야 하는 도로 곳곳에 무단 주차한 차량으로 인해 출동이 지연되고 있다.

특히 이면 도로와 골목길의 모서리에 차량을 주차하거나, 아파트의 협소한 주차 공간 때문에 이중으로 주차하는 경우 등 '나 혼자쯤

이야' 하는 생각은 소방차가 늦게 도착하는 원인이 된다. 그리고 결국 그 결과는 우리에게 엄청난 피해로 돌아온다.

성경에 보면 '나 혼자쯤이야'라는 생각으로 다른 사람들을 전혀 배려하지 않고, 자기의 편리와 이익만을 추구하다 목숨을 잃은 '아간'이라는 인물이 있다. 그는 '나 혼자쯤이야'라는 생각으로 성을 정복했을 때 "모두 없애라"는 말씀을 어기고, 금과 은 등을 숨겼다. 꼭꼭 숨어 있을 것만 같은 아간의 죄는 아이성 전투에서 서른여섯 명의 목숨을 잃으면서 세상에 드러났다. '한 마리의 미꾸라지가 연못을 흐리게 한다'는 말처럼 '나 혼자쯤이야'라는 생각으로 아간은 엄청난 결과를 초래했다.

독일의 심리학자 링겔만(Ringelmann)은 줄다리기 실험을 통해 혼자 일할 때와 여럿이 함께 일할 때, 개인이 어느 정도 힘을 발휘하는지 알아보았다.

그 결과 혼자 잡아당길 때의 힘을 100이라고 한다면, 둘이 잡아당길 때 한 사람의 힘은 93%, 세 명일 때는 85%, 여덟 명일 때는 49%로 점점 줄어들었다. 여덟 명이 일할 때는 혼자 일할 때보다 고작 반 정도의 힘밖에 내지 않았다는 이야기다.

이렇게 혼자서는 잘하지만 여러 명이 함께 할 때는 힘을 덜 내는 경향을 링겔만이 발견했다고 하여 '링겔만 효과' 또는 '방관자 효과'라고 한다."

'나 하나쯤이야!', '누군가 하겠지!' 하는 방관자적인 태도, 즉 사회적 태만은 자연스러운 일이기도 하지만, 애써 경계해야 할 일이기도 하다. 여럿이 힘을 합치면 안 되는 일이 없을 것 같지만, 여럿이기 때문에 빠져나갈 구멍이 많은 것도 사실이다. 그런데도 여럿이 힘을 모아야만 되는 일은 꼭 있다.

그 많은 달걀에 이름을 써 놓는 것도 아니고……

지금은 많이 달라져서 애경사가 있을 때마다 사람들은 모든 것을 돈으로 해결하고 있다. 하지만 필자가 어린 시절만 해도 우리나라에는 마을에 애경사가 있으면 두레처럼 십시일반으로 서로 돕는 풍습이 있었다.

그 시절, 초등학교 졸업식장에서 육성회장님이 축사를 해주셨던 이야기가 지금도 기억이 난다.

옛날 어느 마을에 잔치가 있었다.

많은 사람이 잔치를 축하하기 위해 막걸리도 만들어 갖다 주고, 쌀도 갖다 주고, 씨암탉이 낳은 달걀을 모아 두었다가 갖다 주는 등 서로 도와 가며 가난한 잔칫집을 돕기 위해 정성을 다하고 있었다.

그런데 그 마을 사람 중에는 이런 생각을 한 사람이 있었다.

'지금 나도 먹고살기 힘든데, 잔칫집에 갖다 주기는 뭘 갖다 줘?'

'난 아무것도 갖다 줄 게 없어'

이런 마음을 가지면서도 아무 성의 표시를 안 하면 마을 사람들에게 욕을 먹을까 봐 다음과 같이 생각했다.

'그래, 나 혼자쯤 막걸리 대신 쌀뜨물(쌀을 씻은 물)을 모아 막걸리처럼 갖다 줘야지. 그러면 아무도 모를 거야. 그리고 다른 사람들이 보낸 막걸리에 내가 보낸 한 통의 쌀뜨물 정도는 막걸리에 섞는다고 해도 표시가 안 날 거야.'

이렇게 생각하고 자신의 집에서 나온 쌀뜨물을 모아 잔칫집에 보내게 되었다. 그리고 또 다른 사람은 이런 생각을 했다.

'나 혼자쯤 썩은 달걀을 보낸다고 표시가 나겠어? 그 많은 달걀에 이름을 써 놓는 것도 아니고…….'

이런 생각을 하고는 썩은 달걀만을 골라 잔칫집에 보냈다.

이렇게 마을 사람들과 함께 시끌벅적하게 며칠 동안 잔치 준비를 마치고 드디어 잔칫날이 돌아왔다. 마을 사람들은 모두 잔칫집에 모여 주인공을 축하해주고, 둥글게 모여 앉아 음식상을 받게 되었다.

그런데 음식상에 나온 막걸리는 막걸리가 아니라 쌀뜨물이었고, 달걀로 만든 안주들은 썩은 달걀로 만든 것이라 먹을 수가 없었다는 이야기다.

마을 사람들이 모두 '나 혼자쯤'이라는 생각을 했던 결과였다. 다 같이 '막걸리 대신 쌀뜨물을 줘도 괜찮겠지?', '나 혼자쯤 달걀을 썩은 달걀로 줘도 괜찮겠지?'라는 생각으로 잔칫집에 보냈던 쌀뜨물과 썩은 달걀을 본인이 먹게 될 줄은 몰랐던 셈이다.

'서로에 대한 책임'이라는 아름다운 약속

　나 혼자쯤이 아니라 '나 혼자만이라도'라는 생각으로 모두가 산다면, 모두가 100%의 능력을 발휘하여 못할 일이 없고 안 되는 일이 없을 것이다. 나 혼자 행복하게 잘 사는 일에 100의 힘을 썼다면, 이제 그 힘을 남들과 함께 살아가는 일에도 좀 나누어 보는 건 어떨까. 그냥 외롭지 않게 모여만 산다고 해서 우리 사회가 행복한 건 아니다. '서로에 대한 책임'이라는 우리만의 '아름다운 약속'을 '나 혼자만이라도'라는 생각으로 지킬 때 사회는 정말 따뜻하고 행복해지지 않을까.

　오늘도 이런 사람들이 꼭 있을 것이다. 국립공원에서 남몰래 쓰레기 버리기, 공중 수영장 안에서 소변보기, 꽉 막힌 고속도로에서 나 혼자 갓길로 달리기, 길게 줄 서서 기다리고 있는데 중간에 끼워 들기 등등.

　소방당국은 각종 매스컴을 이용하여 출동시간 5분의 중요성을 강조하며, 소방차 '길 터주기와 소방도로에 불법 주차하지 않기'를 홍보하고 있다. 그런데 아직도 '나 혼자쯤'이라는 이기적인 생각으로 '아름다운 길 터주기'가 잘 지켜지지 않고 있어 귀중한 시민들의 생명을 도로 위에서 잃고 있다. 도로 위에서 모세의 기적을 일으킨다고 선진 문화를 부러워할 때가 아니라, 이젠 선진국이라고 하는 우리가 선진 문화를 선보일 때가 아닐까 싶다.

'나 혼자만이라도'라는 시민들의 자발적인 참여가 이루어질 때 '방관자 효과'는 줄어들고, '아름다운 약속'을 실천하는 따뜻함이 묻어나고, 깨끗함과 아름다운 향기가 나는 우리 사회가 되지 않을까 싶다. 응급차의 다급한 사이렌 소리를 들을 땐, 그 응급차에 타고 있는 사람들이 우리 가족이라 생각하면 얼마나 절실할까.

이 일은 나 혼자만 해서는 안 되는 일이기에, '나 혼자만이라도'라는 생각으로 모두가 동참해 아름답고 밝은 우리 사회를 만들어 보자.

내 안에
조상과 가족이
모두 담겨 있다

—

　명절이 되면 차례상을 차리고 그 앞에 가족이 모여 함께 절을 한다. 차례상을 차리는 광경을 보면 조율이시(棗栗梨枾)라 해서 대추, 밤, 배, 감 순서로 차린다. 왜 이런 순서로 차례상을 차리는 것일까.

　조율이시 순서로 놓는 이유는 대추는 씨가 하나밖에 없어 오직 하나만 존재하는 임금을 상징하는 것이고, 두 번째 놓는 밤은 밤송이에 3톨씩 밤이 들어있는 것을 삼정승에 비유한 것이고, 세 번째의 감은 씨앗이 여섯 개가 들어있는 것을 6조에 비유해 6조 판서를 의미하는 것이다.

　최근 TV 드라마를 보노라면 어른에게 하는 인사나 차례상 앞에서 하는 절이 모두 조폭들이 형님(?)들에게 하는 인사 수준의 모습이다. 원래 절을 하는 것은 예절을 표하는 것이고, 따라서 그것은 반드시 예의범절에 맞추어야 한다. 이러한 의미에서 차례상 앞이나, 어른들에게 절을 하는 것이나, 상을 당해 조문을 할 때는 바른 인사 예절을 갖추어야 한다.

의상이나 다른 예절은 그렇다 치고, 절에 대한 바른 예절을 이야기한다면 차례를 지낼 때나 어른들에게 절을 하기 위해 두 손을 모아 절을 할 때면 남자는 오른손을 아래쪽에 두고, 왼손으로 오른손을 살짝 덮은 다음 절을 하는 것이다. 또 여자는 왼손을 아래로 향하게 하고, 오른손을 위로 올려 살짝 덮고 절을 하는 것이 예의다. 그리고 상갓집에 가서는 손의 위치를 반대로 바꾸어 절을 하면 되는 것이다.

그런데 일반적으로 집안에서 지내는 제사나 차례는 죽은 사람에게 지내는 것이지만, 조상을 받드는 자손이라 하여 흉사로 보지 않아 평상시처럼 손 위치를 남자는 왼손이 위로 가고 여자는 오른손이 위로 가도록 하여 절을 하는 것이다.

이것이 혼동되면 좋은 날 평상시에 절을 하려면 옷이 겹친 모양처럼 단추가 달린 부분(오른쪽 손)이 아래로 가고, 단춧구멍이 뚫린 부분(왼쪽 손)이 위로 가게 된 모양의 옷같이 손을 덮으면 바르게 취한 행동이라 생각하면 된다.

내 부모와 형제들과의 인연의 끈으로

사실 명절은 현대 사회에 와서는 그 의미가 많이 퇴색되어 있기도 하다. 요즘은 명절 때에 긴 연휴를 맞이해 제사를 지내기보다는 여행을 가는 사람들이 많아지는 추세다. 이걸 꼭 좋다, 나쁘다를 논하자고 하는 것은 아니다. 세상이 변해 제사도 영상으로 지내기도 하고, 약식으로 지내기도 하고, 종교에 따라서는 지내지 않기도 한다. 제사를 어떻게 지내든 그것을 탓하는 것은 아니고, 우리 사회에서 지켜야 할 예절까지 잊어서는 안 될 것 같다는 말이다.

'예절'이라는 것이 형식적인 것이라고 크게 개의치 않는 사람들도 요즘은 많다. 하지만 형식은 내용의 그 진정성을 포함하고 있는 것도 사실이다. 우리가 예의 없이 누군가에게 함부로 대하면 그 사람의 마음속에 담긴 진정성은 과연 무엇일까.

명절의 의미도 돌이켜 보면, 조상을 기리고 가족 간에 정을 돈독히 하는 날이기도 하다. 현대 사회에 와서는 조상의 의미를 크게 두지 않는 경향이 있지만, 가만히 생각해 보면 내 안에 담긴 DNA는 모두 조상에게서 온 것이다. 얼핏 내가 나만의 개성이라고 여겼던 것들도, 따지고 올라가면 내 아버지가 그랬고, 내 할아버지의 특성일 수도 있다.

내 지인 중에는 술을 잘 마시는 사람이 있다. 그는 호탕한 성격이기도 했다. 그런데 이러한 면이 그 사람 개인의 모습이라고 얼핏 생각하기 쉽지만, 그의 모습 안에는 술을 잘 이겨내는 튼튼한 간을 가진 체질이 대대로 내려왔던 셈이다. 또 고혈압이 있고, 당뇨가 있고, 고지혈증이 있는 것도 개인의 식성이기도 하지만 모두 유전적인 특성에 많이 좌우되는 것으로 알려져 있다. 게다가 식성도 결국은 가족 간에 함께 살아온 환경적 요소와 유전적 요인이 함께 작용하는 것이기도 하다.

이렇듯이 나 혼자의 것으로 생각하던 개성과 식성이 거슬러 올라가면 모두 가족력과 상관이 있다. 그러니 옛사람들이 명절을 중요시하고, 사람 사이의 예의범절을 중요하게 여겼던 것이 그저 형식적인 겉치레는 아니었던 셈이다.

내 안에는 나만 있는 것이 아니다. 내 안에는 저 먼 조상부터 시작하여 부모와 형제의 모습이 모두 다 담겨 있다. 그리하여 우리는 가족이라는 보이지 않는 인연의 끈을 자기도 모르게 이 인생에서 계속 쥐고 살아가는 것이다.

자기가 그 끈을 놓겠다고 해도 놓이지 않는 것이 이 가족의 인연이다. 왜냐하면 자기 자신을 구성하는 육체적·정신적 요소들이 조상이나 가족의 영향을 받지 않는 것이 거의 없기 때문이다. 내가 딸기를 좋아한다면 분명 내 가족 중 누군가의 입맛을 물려받은 것이거나, 딸기에 대한 애틋한 어린 시절의 추억이 있기 때문일 때가 많다. 그렇다면 어린 시절의 그 풍경 속에는 부모나 형제가 함께한 기억이 포함되어 있을 것이다.

이렇듯 나는 나 혼자만 존재하는 것이 아니라, 조상과 부모와 형제자매의 단단한 인연이라는 끈 속에 묶여 있는 것이다. 아무리 아니라고 부정해봐도 사실이 달라지는 건 아니다.

부모의 이름으로, 나의 이름으로

오늘날 일부 사람들은 '부끄러움'이라는 단어를 상실한 듯 아무렇게나 살아가는 모습을 보인다. 또 자신에게는 관대하지만, 남에게는 가혹하게 처신하는데 그래도 사회 질서와 기본적인 예의범절을 지키면서 살아가는 것이 품위 있게 살아가는 삶이 아닐까.

게다가 부끄럼 없이 살아가는 것은 혼자만의 문제가 아니다. 내가 제멋대로 산다면 그것은 나를 낳아준 부모의 얼굴에도 먹칠하는 것이다. 물론 지금은 내 옆집에 누가 사는지도 모르는 개인화된 사회이지만, 내 행동의 결과는 결국 내 가족, 내 부모 형제에게 미치는 것이다.

우리가 인생에서 아무리 개인을 중요시한다고 하더라도, 가족과 완전히 분리된 인생을 사는 것은 아니다. 우리 개인은 우주선으로 치면 모(母) 우주선에서 떨어져 나온 작은 우주선인 셈이다. 이건 부인할 수 없는 진실이 아닌가. 그러니 개인이 이 우주 같은 세상을 유영한다고 해도, 결국 모체로 돌아가는 것이다. 내가 무인도에서 혼자 살다가 죽지 않는 이상, 내가 죽을 때에도 누구의 자식이었고, 누구의 형제였다는 꼬리표는 붙게 마련이다.

인간은 이 사회 속에서 살아가자면 부모와 형제자매의 틀 안에서 벗어날 수 없다. 좋든, 싫든 그 틀 안에 놓여 살아가는 것이다. 그걸 잊어서는 안 된다. 아무리 내가 '나는 나야!'라고 소리쳐도 나이기도 하지만, 나는 그들과 모두 연관되어 있다. 그건 개인이 거부해도 어쩔 수 없는 것이다.

그래서 우리가 인생에서 놓치기 쉬운 것은 가족에 대한 인연이다. 이 인연을 소홀히 하고, '따로, 따로 인생'을 생각하면서 살아간다면 스스로 공허해질 것이다. 물론 젊을 때는 '나는 그까짓 인연쯤 아무렇지도 않아, 상관없어!'라고 큰소리를 치면서 혼자 당당히 살아갈 수 있다고 생각해도 그건 젊음이 있을 때 생각일 뿐이다.

인간은 항상 패기 넘치는 젊은이로 살아갈 수 있는 게 아니다. 누구나 정신력도 약해지고, 마음이 여려지는 노년을 맞이한다. 계속 열정과 자신감이 넘치는 젊은 상태가 계속될 수는 없다. 그래서 분명 똑같은 자기 자신인데도 생각이 달라지는 것이다. '나는 절대로 안 그래!'라고 자신감을 가져도 그때 생각뿐이다. 하지만 인생에서 이걸 미리 알 수 있는 사람은 그리 많지 않다.

그리하여 어느 시점에 와서는 자신이 감당할 수 없는 인생을 살고 있다는 것을 느낀다. 젊은 시절에는 분명히 자신이 있었던 삶이었는데도, 그 삶 속에서 자신이 혼자만 따로 존재할 수 없고 가족과 정신적으로 깊숙이 연관되어 있다는 것을 깨닫는 것이다. 인간은 어린 시절의 영향을 알게 모르게 많이 받는다. 그 어린 시절의 기억의 강도는 나이 들어서 겪는 경험들보다 훨씬 내적 힘이 세다. 그래서 가족과 함께했던 어린 시절의 추억에서 벗어날 수 없다.

나이가 들수록, 늙어갈수록 인간은 육체적으로나 정신적으로 쇠약해진다. 그때를 대비해서 가족에 대한 인연에 대해 너무 자신만만하지 말아야 한다. 오늘의 내가 언제나 '나 자신'일 수 있다는 생각을 버려야 한다. '나'는 변하기 마련이다. 오늘 내가 자신 있던 일도, 내일의 나는 자신이 없을 수도 있다는 점을 인생에서 항상 명심해야 한다.

나는 '나의 이름'뿐만 아니라, '부모의 이름'으로 살아갈 수밖에 없는 존재라는 것도 인생에서 놓치지 말아야 한다. 인생은 시대가 바뀌어도, 혹은 서양이나 동양이나 상관없이 부모와 자식과의 관계는 단단한 인연의 끈으로 연결되어 있기 때문이다. 그 육체적 끈과 정신적 끈은 언제 어디서나 내게 작용하는 법이다. 이게 인생에서 우리가 피할 수 없는 진실인 셈이다.

불 안 이 란
원 하 는 것 이 무 엇 인 지
모 를 때 찾 아 온 다

—

학교 교육의 목적은 학교에 다니는 데 있는 것이 아니라, 사회에서 살아가는 데 필요한 것을 배우는 데 있으므로 배울 것은 누구나 제대로 배워야 한다.

그런데 최근 학교 현장인 교실이 무너진다고 이야기한다. 이것은 국가가 가르치고 싶은 내용과 학생들이 배우고 싶어 하는 내용과의 차이가 큰 것이 주된 이유이다. 그리고 4차 산업화와 함께 급속도로 발전하는 기술로 인해 일자리가 점점 감소한 까닭이다. 이 때문에 학생들이 미래에 무얼 먹고 살지에 대해 큰 불안감이 생긴 것이다. 이 불안감은 비단 학생 혼자만이 겪는 불안만은 아닐 것이다. 함께 이 시대를 살아가는 우리가 가지는 불안감이다.

세상 사람들이 두려워하는 불안의 정체는 과연 무엇일까? 불안이란 원하고 바라는 것이 무엇인지 모를 때 찾아온다고 한다. 불안은 고통을 수반하는데, 자신이 원하는 상태와 현재의 상태의 차이가 고통이고 그 차이가 크면 클수록 고통은 더욱 크다고 할 수 있다.

우리가 기존에 배워왔던 주입식 위주의 교육은 과거에는 통했다. 그것은 할아버지의 삶이나 아버지의 삶이나 나의 삶이 같았기 때문이다. 그래서 할아버지 때 활용했던 그 지식을 배우고 활용하면 되었다. 그리고 미래가 넉넉한 삶은 아닐지라도 앞으로의 내게 다가올 일들을 다 알 수 있었기에 불안하지 않았던 셈이다.

그런데 세계 11번째 강국이 된 지금, 우리 청소년들은 매우 불안하다.

그 이유는? 과거의 교육은 현대 사회에 필요한 교양을 가르치고, 그 습득 능력과 성과를 평가하여 그 수준에 맞는 대학을 가는 것이었다. 그러다 보니 학생들은 입시 위주의 학습을 할 수밖에 없었다. 그리고 교사들 역시 국·영·수 위주의 교육을 할 수밖에 없었다.

그런데 앞으로 다가올 미래는 이런 기존의 패턴을 바꿀 수밖에 없을 것으로 예상된다. 무엇보다 인구 감소에 의해 경쟁률이 줄어들고, 급변하는 사회를 정규 교육이 따라가지 못한다는 것이다.

어느 학자는 현재 학교에서 학습하는 학생들은 학교에서 배운 것을 제대로 써먹지 못하는 세대가 될 것이라고 경고했다. 솔직히 지금처럼 급속도로 변하는 4차 산업사회 속에서는 과연 학창 시절 공교육을 통해 배운 지식을 얼마나 유용하게 활용할지 상상하기 어렵다.

졸업시험을 통과하지 못할뻔한 오리 이야기

우리의 모습을 희화화한 동물학교의 이야기를 들어보자.

옛날 동물들이 입학하기가 어렵다는 동물학교에 오리가 시험을 봤는데 떨어지게 되었다. 오리는 밤잠을 안 자가며 열심히 공부해서 재수 끝에 동물학교에 합격할 수가 있었다.

이렇게 힘들게 오리가 동물학교에 합격하자, 오리마을의 원로들은 드디어 우리 오리마을에도 동물학교 입학생이 생겼다고 3일 동안 축하잔치를 베풀게 된다. 동물학교에 입학한 오리는 원로들의 관심에 많은 부담을 느끼고 부담이 되어 공부를 열심히 하길 다짐한다.

그리하여 동물학교에 입학한 오리는 4년 동안 내내 밤잠을 줄여가며 열심히 공부했다. 이렇게 4년의 학업을 마친 동물들에게는 졸업시험이 기다리고 있었다.

오리는 그동안 열심히 준비했기에 자신감을 가지고 졸업시험에 응시하게 된다. 제일 먼저 치른 시험이 수영이었다. 오리는 원래부터 잘했던 전공이라 1등을 하게 되었고, 자신감이 승천한다. 그다음 시험은 날기였고, 오리는 날기에 도전한다. 오리에게는 그래도 작은 날개가 있었기에 날기도 통과할 수 있었다.

이렇게 어려운 관문들을 다 통과하고, 한 가지만을 남겨 둔 채, 마지막 시험에 도전하게 된다. 그런데 이 마지막 시험은 오리가 제일 취약했던 달리기였다.

오리는 그동안 열심히 준비했기에 자신감을 가지고 여러 동물과 함께 달리기를 시작했으나, 절반도 가기 전에 다른 동물들은 모두 결승선을 통과하게 되었다. 결국 오리는 과락으로 동물학교 졸업시험을 통과할 수 없게 된다.

오리는 낙심할 겨를도 없이 최고의 과외 선생님을 구해 죽기를 각오하고 열심히 달리기 연습을 했다. 이렇게 열심히 훈련하는 중에 오리를 관찰하던 코치 선생님이 이야기한다.

"오리군, 자네는 발바닥이 너무 취약하네. 그러니 자갈밭에서 달리기 연습을 해서 발바닥을 단련시켜야겠네. 그러니 오늘부터 자갈밭에서 달리게."

오리는 코치 선생님 말씀을 듣고 그날부터 자갈밭에서 달리기 연습을 하게 된다. 그런데 자갈이 고르고 둥글기만 한 것이 아니라, 뾰족뾰족한 것들이 있다 보니 그 자갈들에 의해 발바닥은 찍히고 찢어졌다. 그리고 찢어진 곳은 피가 나고, 피가 난 곳은 딱지가 붙고, 다시 굳어지면서 물갈퀴는 점점 사라지게 되었다. 그렇게 물갈퀴가 사라진 오리는 다행히 발가락이 자유로워져 달리기가 쉬워졌고, 결국 오리는 달리기를 통과할 수 있어 졸업장을 받게 된다.

못하는 것보다 잘하는 것을 잡아라!

졸업장을 받은 오리는 마을로 돌아와 마을 원로들의 축하 속에 또다시 3일 동안의 잔치를 받게 된다. 그리고 축하잔치 마지막 날, 오리에게 마을 원로가 묻는다.

"오리야, 네가 학교에서 제일 잘했던 과목이 무엇이냐?"

오리는 그동안 학교에서 열심히 공부했던 일들을 생각하며, 그래도 수영에서 일등을 했던 행복한 순간을 떠올리며 이렇게 대답했다.

"수영입니다."

그러자 마을 원로가 다시 묻는다.

"그래, 네가 제일 잘하는 과목을 우리 오리 마을 후배들에게 시범을 보일 수 있겠니? 그래서 후배들이 자극을 받고 열심히 공부할 수 있도록 말이다."

마을 원로의 이야기에 오리는 그러겠노라고 약속을 한다.

그리고 다음 날, 오리는 수영에서 제일 어렵다는 10m 다이빙대에 올라가 준비운동을 하고, 오리마을 후배들에게 시범을 보이기 위해 멋진 자세를 취했다. 그리고 다이빙을 하게 된다.

그런데 물속으로 멋있게 다이빙을 한 오리는 물 밖으로 나올 줄을 몰랐다. 그리고 그 뒤에 이 오리의 소식을 들었다는 이야기는 전해지지 않았다.

오리는 동물학교에 입학하기 전부터 졸업시험을 마칠 때까지 정말 열심히 공부를 많이 했다. 그런데 이러한 오리가 왜 제일 잘했던 수영조차 할 수 없게 되어 익사하게 된 것일까.

우리 모두 오리의 사건을 한번 반추해 보고 반성해 볼 일이다.

정작 잘하는 것을 잘하게 만드는 것이 올바른 교육이고, 그렇게 교육을 해야 사회에 잘 적응할 수 있을 것이다. 그런데 우리는 잘하는 것은 접어두고, 오리처럼 못하는 것을 잘하게 하느라 정작 타고날 때부터 잘하는 재능을 잠재우게 하는 교육을 하는 셈이다.

오늘도 우리 엄마들은 과학은 잘하는데, 영어를 잘하지 못하는 아들에게 영어를 잘하도록 영어 교육에 치중한다. 이러는 동안 과학은 제자리걸음을 하게 하고 있지는 않은지.

교육이란 못하는 것을 잘하게 하는 것도 중요하지만, 더 중요한 것은 잘하는 것을 더 잘하게 하는 것이다. 이것이 바른 교육이다. 그리고 이것이야말로 경쟁력을 키우는 교육이다. 또 불안과 공포를 없앨 수 있는 교육일 것이다.

정작 학생들이 잘하는 것이 무엇이고, 무엇을 원하고 있는지를 알아야 한다. 그리고 학교 교육의 목적은 가르치는 것이 아니라, 학생들이 배우는 것이다. 배우는 학생 중심의 교육이 되어야 한다. 또 학교는 사회에서 살아가는 데 필요한 것을 배우고 써먹을 수 있게 하여, 학생들의 불안과 고통을 해소하여야만 한다. 이것만이 교실이 붕괴하는 것을 막고, 행복해질 수 있는 길이다.

우 리 가
놓 치 며   사 는
시 간   속 에 서

—

오늘도 노량진의 학원가 건물들은 불야성을 이루고, 야간학습은 계속되고 있다. 고3 수험생들은 18년을 살면서 항상 함께 해왔던 수학 문제와 씨름을 하고 있다.

18년이란 어떤 세월인가. 길다면 길고, 짧다면 짧은 세월이겠다. 하지만 우리 학생들이 수학 문제와 씨름하고 있는 동안, 어떤 사람들은 천지가 개벽할 만큼 세상을 크게 바꾼 사람도 있다.

그중 가장 대표적인 인물이 마윈이다.

그는 가난한 연극배우의 아들로 태어나 불우한 어린 시절을 보내고 대학 시험에 떨어진다. 그 후 호텔에 취업하려 했으나, 혼자 가기 쑥스러워 조카를 데리고 갔는데 불행히도 조카는 합격하고 본인은 떨어진다. 그 뒤에 다시 심기일전하여 패스트푸드점에서 23명의 아르바이트생을 뽑는다는 말을 듣고 찾아갔더니 24명이 응모했다.

설마 한 명 떨어지는 데서 자신이 떨어지겠나 싶었는데, 정말 본인만 떨어졌다.

그에 관한 에피소드로 우리를 또 놀라게 하는 것은 학교에서 수학시험을 보는 데, 101문제 가운데서 오직 1문제만 풀었다고 한다. 그리고 나머지 100문제는 풀지 못하는 수모를 당할 정도로 수학에는 전혀 관심도, 소질도 없는 사람이었다.

또 마윈은 4년제 대학을 가려고 3수까지 했다. 그러나 4년제에 갈 실력은 되지 않았지만, 3수를 한 것이 미안하여 그냥 원서를 낸 것이 운 좋게 그해 미달이 된 사범대학교 영문학과에 합격하는 행운을 얻기도 했다.

이런 그가 '알리바바'라는 인터넷 쇼핑몰을 창업하고, 18년 만에 세계 15위의 부자가 되었다. 세계 15위의 부자는 우리나라에서 제일 부자라고 자타가 공인하는 삼성 이건희 회장 재산의 무려 3배가 되는 재산이다.

마윈이 이렇게 부자가 된 18년이라는 시간은 어찌 보면 지금 우리 학교 현장에서 수학 문제 하나 더 풀기 위해 낑낑대며 노력하고 있는 그 시간과 같다. 뭔가 뒤통수를 얻어맞은 듯한 기분이 드는 건 나 혼자만의 느낌일까.

누군가에게는 8년의 시간이

내가 여기에 소개하고 싶은 '시간'에 대한 이야기가 하나 더 있다. 그것은 바로 '에어비앤비(Airbnb)'라는 인터넷 호텔 방을 운영하는 사이트다. 에어비앤비는 실제의 방은 하나도 없으면서 인터넷 방만으로 창업 8년 만에 세계 최고의 많은 호텔 방을 갖고 있는 힐튼 호텔(230억 달러)보다 시가 총액이 더 많은 300억 달러의 가치로 평가받고 있다.

300억 달러(우리 돈으로 약 33조 원)라고 하면, 이 돈은 우리나라 한화그룹(14조)과 현대 중공업(10조 8천) 그리고 GS건설(9조4천억)을 살 수 있는 돈이라고 한다.

우리나라 역사와 함께 만들어 온 우리나라의 10대 그룹 3개를 살 수 있는 돈을 불과 8년 만에 번 것이다.

세상은 변하고 있다.

예전에는 하드웨어라고 할 수 있는 기계 산업 장치를 만들기 위해서 많은 돈이 필요했고, 기술이 필요했다. 하지만 지금은 뛰어난 아이디어 하나만 있어도 가능한 사회가 되고 있다.

자신이 잘하는 것에 올인하는 것이 필요하다. 그저 그렇게 남들과 똑같이 할 수 있는 건 이제 큰 의미가 없다. 웬만한 것은 모두 AI가 해주는 시대가 올 것이다. 그것이 바로 4차 산업시대가 아닌가. 그저 그런 재능을 가진 인간은 이제 인공지능에게 일자리를 모두 빼앗길 것이다. 수학 문제는 웬만한 건 인공지능이 모두 해결해 줄 것이다. 어찌 보면 전자계산기, 컴퓨터는 초기 형태의 인공지능인 셈이다.

누군가에게는 위대한 시간이 될 수 있는 기간을 우리 아이들은 어떻게 보내고 있는가. 또 우리 어른들은 어떻게 지내고 있는가. 같은 시간이지만, 누군가에게는 인생에서 위대한 사건을 만들 수 있는 세월이고, 또 누군가에게는 그냥 손가락 사이로 흘러가 버리는 헛된 시간일 수도 있는 것이다.

우리가 인생에서 쉽사리 놓치기 쉬운 게 바로 이 시간이다. 시간은 한번 가면 다시 돌아올 수 없다는 명명백백한 진리 또한 쉽게 놓친다. 인생에서 이 시간을 소중히 사용하기 위해서는 자기가 잘하는 것을 깨달았을 때 그것에 매진하는 것이다.

이것저것 다양하게 하느라 자신의 가치를 낮추는 것보다, 한 가지라도 남보다 뛰어나게 잘하는 것을 만드는 것이 필요하다. 웬만한 사람만큼 사진을 잘 찍는다거나, 웬만한 사람만큼 영어를 잘한다거나, 웬만한 사람만큼 그림을 잘 그린다거나 하는 건 자신의 가치를 드높이는 것에는 큰 의미가 없다.

나만이 잘할 수 있는 그 무언가를 계발해서 발전시켜야 한다. 단한 가지라도 특별나게 잘한다면, 그거 하나로도 얼마든지 경쟁력이 생기는 것이다.

사물인터넷과 로봇이 나타나
우리를 떠미는 이때

대체로 어른이 되면 다들 후회하는 것이 있다. 학창 시절에 좀 더 공부를 열심히 할 걸, 혹은 그 시절에 뭔가 좋아하는 일에 더 혹독하게 매달릴걸. 자신이 어떤 위치에 있더라도 지나간 시절에 대해 후회를 적게 하려면, 시간이라는 마법 앞에서 주인이 되는 것이다. 즉, 마법사가 되는 것이다. 시간의 마법을 지켜보는 구경꾼이 아니라.

시간은 모두에게 똑같이 주어진다. 특별한 경우를 제외하고는 그렇다. 특히 청소년 시절은 누구에게나 배당되어 있다. 이 청소년 시절을 어떻게 보내느냐에 따라 인생이 달라진다고 해도 과언이 아니다. 인생에서 가장 큰 마법을 부릴 수 있는 시간이 바로 청소년기다. 이 짧다면 짧고, 길다면 긴 시간 동안 자신이 마법사가 되어 시간을 잘 다룰 수 있을 때, 인생은 정말 마법처럼 펼쳐진다. 그렇지 않고, 그저 멍하니 시간이 부리는 마법을 구경꾼처럼 바라만 보고 있다면, 인생은 그저 그런 시시한 마술을 부릴 것이다. 금방 사라지는 하얀 비둘기처럼 말이다.

시간은 흐른다. 모두의 시간은 흐른다. 게다가 시대도 흐른다. 항상 같은 시대가 존재하지 않는다. 이제는 예전에 배웠던, 내가 아는 것만을 고집할 시대는 지났다. 잭 필립이라는 사람은 2010년까지의 1세기 변화 속도가 앞으로는 76일로 앞당겨진다고 했다. 내가 잠을 잔 오늘 하룻밤을 2010년 이전의 세상으로 본다면 1년 반의 기술 변화가 있었고, 3일 밤을 자고 난다면 5년마다 교체 주기가 되는 초·중·고 교과서가 바뀌어 새 교과서가 나와야 하는 그런 시간이 흘러간 셈이라는 말이다.

제4차 산업사회라는 새로운 시대의 물결 속에 사물인터넷(IOT)과 로봇이 나타나 우리를 떠밀고 있다. 우리가 다 같이 이 시대를 온몸으로 맞이하고 있다는 사실은 부인할 수 없다. 우리는 밀리는 흐름 속에서 방향을 잃고, 그냥 정처 없이 흘러가고 있는 것은 아닌지 모르겠다. 그냥 떠내려갈 것인지, 그 속에 합류하여 주인공으로 살아갈 것인지는 이제 내가 결정해야 한다. 어떤 시간과 어떻게 타협하여, 가는 시간을 잡아달라고 할 것인지도 내가 결정해야 한다. 빠르게 흐르는 시간을 보기만 하지 말고, 잡아야 한다. 큰 뜻과 긴 안목을 가지고 말이다.

우리가 인생에서 아무리 개인을 중요시한다고 하더라도,
가족과 완전히 분리된 인생을 사는 것은 아니다.
우리 개인은 우주선으로 치면 모(母) 우주선에서 떨어져 나온 작은 우주선인 셈이다.
이건 부인할 수 없는 진실이 아닌가.
그러니 개인이 이 우주 같은 세상을 유영한다고 해도,
결국 모체로 돌아가는 것이다. 내가 무인도에서 혼자 살다가 죽지 않는 이상,
내가 죽을 때에도 누구의 자식이었고,
누구의 형제였다는 꼬리표는 붙게 마련이다.

Part 4
자칫하면 놓치기 쉬운
우리 인생의 반전

배 부 른 기 린 은
자 라 지 않 는 다

—

미국의 한 동물원에서 기린을 사육할 젊은 조련사를 고용했을 때
일이다. 그동안 기린을 조련하던 선배 조련사가 새로 온 조련사에게
이렇게 충고를 하고 다른 곳으로 떠났다.

"새내기 양반, 기린이 잘 자라게 하려면 먹이를 양껏 주지 말게."

그런데 이 말을 이해하지 못한 새로 고용된 젊은 신입 조련사는
선배의 말을 무시하고 기린이 잘 자라도록 최대한 많은 먹이를 주었
다. 그렇게 조금 시간이 지나자, 처음에는 잘 자라던 기린이 좀처럼
자라지 않았다.

그런데 선배 사육사가 키우는 기린은 새내기 사육사가 기르는 기
린과 비교도 되지 않게 무럭무럭 잘 자라는 것이었다. 결국, 선배가
키우는 기린은 신입 조련사가 키우는 기린과 비교할 수 없이 훨씬
많이 자랐다. 그 원인을 알지 못한 새내기 조련사는 결국 선배에게

자신의 기린이 잘 자라지 않는 이유가 무엇인지 가르쳐달라고 부탁을 하게 되었다.

그러자 선배 사육사는 이렇게 말했다.

"자네는 전에 내가 해준 충고를 왜 받아들이지 않았던 것이지? 자네가 사육하는 기린은 먹을 것이 전혀 궁하지 않고 넘치니까 먹기가 싫어지고, 그러다 보니 잘 먹지 않아서 안 자라게 된 것이라네. 하지만 내가 키우는 기린은 먹이가 늘 모자라니까 매 끼마다 던져 주는 먹이를 아끼고 아끼며 잘 먹어서 무럭무럭 자란 것이라네."

어쩌면 우리는 가질수록 더 태만해지고, 더 바라면서 역설적으로 가진 것에 대해 소홀한 것은 아닐까.

인생의 반전, 부족하고 힘들 때 행복을 발견한다

사람들은 충분할 때보다 다소 부족함이 있을 때 행복을 발견한다고 한다. 그리고 내가 부족함이 있을 때 내가 더 가질 수 있다는 기대와 희망으로 나를 일할 수 있게 만들고, 일하는 그 과정을 통해 행복해진다고 한다.

그런데 사람들은 부족함이 있을 때 그 부족함이 있어 행복해질 수 있다는 것을 모른다. 이 인생의 진리를 깨닫지 못한다면 이미 와 있는 행복도 놓치게 될지 모른다. 돈은 없고 먹고 싶은 것은 많을 때,

어렵게 구한 수박이 달고 맛있는 법이다. 내가 아는 지인도 이렇게 말한다.

"자취하고 힘들게 아르바이트를 하면서 가끔 선물처럼 사 먹었던 수박은 참 달았는데 말이야. 요즘은 너무 흔하게 먹을 수 있으니까, 예전 맛이 안 나. 내 인생에서 가장 달았던 수박은 내가 고학생일 때 먹었던 바로 그 수박 한 조각이었어!"

사람은 행복이 이미 와 있을 때는 그 행복을 모르고 지나친다. 흔히 나이가 많이 드신 어머니들이 하는 말이 있다.

"아이들이 한창 어릴 때는 뒤치다꺼리하고 키우는 것이 참 힘들었는데 말이야. 지금 생각해 보면 명절에나 얼굴을 볼 수 있는 자식들을 애타게 기다리는 요즘보다는 그 시절이 더 좋았다는 생각이 들어. 왜 그땐 몰랐을까……."

인생을 거의 다 살고 난 무렵에 이 모든 진실을 발견한다. 그래서 자기가 깨달은 인생의 진실을 청소년이나 젊은 사람들에게 전해주어도 누구도 체감할 수 없다. 진리는 자기가 깨달아야 자신의 것이 될 수 있는 것일까. 그러나 현명한 사람은 이런 이야기에 귀를 기울일 것이다. 그런 사람들이 많기를 바라면서 나 또한 인생에서 우리가 놓치기 쉬운 것들에 관해 이야기하고 있을지도 모른다. 나는 이 책을 읽는 독자 중 더 많은 사람이 너무 늦기 전에 인생의 진실을 볼 수 있기를 바란다.

후회하지 않는 인생은 없겠지만, 그 후회의 강도는 다를 것이다. 말년이 되어 처절하게 한탄하는 사람이 있는 반면, 그래도 소소한 행복을 느끼며 인생을 조용히 반추하는 사람도 있을 것이다. 나는 이 책을 읽은 사람들이 후자에 속하기를 간절히 소망할 뿐이다.

인생은 반전의 연속이다. 어릴 때 아주 똑똑한 아이가 학교에 들어가면 그만큼 총명함을 못 나타낼 수도 있고, 또 학교 다닐 때 공부를 잘하던 학생이 사회에 나가 제대로 자리를 못 잡을 수도 있는 게 인생이다.

이처럼 인생은 예측하기 어렵지만, 또 한편으로는 지금까지 인생을 살다간 옛사람들이 남긴 인생에 대한 교훈을 들여다보면 예측이 가능한 면도 분명히 있다. 사는 곳이나 시대가 다를지라도 인간이 인생에 가지는 생로병사라는 패턴은 똑같기 마련이다. 그러므로 그들이 공통으로 하는 이야기를 귀담아듣는다면 우리 인생도 후회를 줄일 수가 있는 것이다.

'버림의 신비한 행복'을 체험할 때
진짜 인생이 시작된다

우리 인생에서 풍요로움은 나눔으로 비우고, 그 빈 곳을 다시 채울 수 있다는 희망을 담고 산다면 어떨까.

나눔은 가난한 사람이나 부자 모두를 위해서 필요하다. 가진 것을 나누면 기쁨과 보람을 얻을 수 있고, 소중한 것을 버릴 때 진짜 소중한 것으로 채울 수 있다. 사람들은 가진 것을 버릴 때 비로소 '버림의 신비한 행복'을 체험하게 될 수 있다고 한다.

동물원의 기린처럼 먹이가 넘치면 먹이의 소중함을 모르지만, 약간 부족한 먹이로 사는 기린은 먹이의 소중함을 알기에 아껴 먹을 줄 아는 지혜와 소중함의 가치를 아는 것이다. 오늘을 사는 우리가 풍요 속에서 나태함과 불만으로 사는 것이 아니라, 풍요 속에서는 나눔과 채움으로 살고, 부족함 속에서는 채우기 위한 희망으로 사는 것은 어떨까.

내 배가 부르다고 다른 사람이 굶주린 것을 잊고 사는 게 아니라, 주변에 내 도움을 필요로 하는 이웃이 있는 건 아닌지 살펴보는 것도 필요하다. 내가 풍요로움으로 인생의 참맛을 느낄 수 없을 때, 나의 것을 버리고 나눔으로써 진짜 인생을 살 수 있는 것이다.

우리는 '배부른 기린'이 되었을 때, 스스로 그 안일함에서 벗어나는 지혜를 발휘해야 한다. 나눔으로 비우고 부족함을 희망으로 채운다는 마음을 가질 때, 우리는 원하는 것을 얻는 것보다 더 중요한 행복을 찾을 수 있을 것이다.

자신을 비우고 나눌 때 우리의 삶은 세상에 찌든 때가 씻기고, 버림의 신비한 행복을 체험할 수 있을 것이고, 우리의 앞길과 비전은 더욱 선명해지고 뚜렷해질 것이다. 나는 이런 말들이 한낱 수사적 표현이 아니라, 인생의 참 진리라는 것을 경험으로 증명해 보일 수 있다.

이 책을 읽는 독자들이 실제로 이 인생의 진실을 실천해본다면 내 말이 결코 교과서적인 이야기가 아니라는 사실을 깨달을 것이다. 많은 사람이 오랜 시간 동안 계속 강조하는 것은 그 세월 동안 검증된 이야기들이 많다. 바로 인생의 선배들이 살아보고 나서 이야기해 주는 것들이다.

그런데 인생이란 참으로 묘하고 슬픈 것이 젊어서는 이 말들이 마음에 남지 않는다는 것이다. 나이가 들어서야 이 말이 울림이 있는 삶의 진리로 여겨진다.

부디, 인생에서 놓치지 말기를 바라는 것 중 한 가지, 좀 부족하다고 느낄 때 인생의 참 행복이 숨어 있다는 사실이다. 자신의 인생이 넘칠 때, 남과 나누면서 스스로 부족해지길 소망해 보자. 그래야 내적으로 더 성장할 수 있고, 성숙한 인격체가 될 수 있으며, 행복이 떠나지 않을 것이다.

인 생 은

순 간 에   머 문 다

—

강의 중에 엄마의 몸에서 아기가 탄생하여 점점 자라 늙어서 죽어 무덤까지 가는 과정을 동영상으로 보여주고 나서, 우리 인생이 긴지 짧은지를 물어본 적이 있다. 그럴 때면 대부분 사람은 "짧다"라고 대답한다.

우리의 이 짧은 인생에서 할 일을 두고, 아이들은 이렇게 말한다.

"내가 이다음에 중·고등학생이 되면 할 거야."

그리고 그 아이가 중·고등학생이 되면 또 이렇게 말한다.

"내가 성인이 되면 할 거야."

그가 성인이 되면 다시 이렇게 말한다.

"내가 결혼한 후에 할 거야."

결혼하면 결국 이렇게 말한다.

"내가 은퇴하면 할 거야."

은퇴한 후 지나온 길을 되돌아보면, 중요한 것들을 놓치고 인생은 다 가버렸다. 그리고 우리 주변에는 찬바람만 싸늘하게 불어올 뿐이다. 인생은 순간순간의 삶 속에 있다는 것을 까먹고, 다 지난 뒤에 '그때 그랬으면 좋았을걸' 하는 후회의 한숨을 쉬고 있는 것이 우리가 아닌가 싶다.

사람은 항상 지나고 나면 후회를 한다. 인생은 한 장뿐인 필름이다. 한번 흘러간 시간은 돌이킬 수가 없다. 젊은 시절에는 시간이 왜 이렇게 안 가나 싶겠지만, 어느 순간 중년이 되고부터는 시간이 쏜살같이 흐르는 것을 누구나 경험한다.

그러다가 아뿔싸, 어느덧 죽음이 눈앞에 있다. 그때는 이미 너무 늦었다. 아무것도 돌이킬 수가 없다. 다시 살아볼 수도 없다. 모두가 기억해야 할 것은, 알고 보면 인생이 참으로 잔인한 면이 있다는 사실이다. 절대로 돌아갈 수 없고, 수정할 수 없는 한 번뿐인 기회라는 것이다.

이러한 인생을 누구나 피해갈 수 없다. 하지만 젊은 시절에도 인생이 짧고, 한순간에 머물 뿐이라는 진실을 온전히 이해하고 마주한다면 다른 사람보다 더 긴 인생을 살 수가 있다. 인생은 흘러가면 끝이다. 다들 이것을 기억해야 할 것이다. 인생은 순간일 뿐이다. 그다음은 없다.

'작은' 결정이나 '사소한' 판단이
우리 앞날을 바꿀 때가 있다

깊은 숲속에서 벼락을 14번 맞고, 400년 동안 수많은 눈사태와 폭풍우를 견디면서 꿋꿋하게 살아온 소나무가 있었다. 그러나 이 오래된 큰 소나무가 1mm 내외의 실 같은 작은 재선충의 공격에 버티지 못하고 쓰러지고 만 것이다.

이 작은 재선충들은 소나무의 껍질을 뚫고 들어가 소나무의 속살을 파고드는데, 한 마리는 작은 힘이지만 수많은 벌레의 끊임없는 공격으로 나무의 힘을 서서히 파괴하여 세월도, 폭풍우도, 눈사태도 쓰러뜨리지 못했던 그 큰 소나무를 쓰러뜨렸다. 너무 작아 우리 눈에도 잘 보이지 않는 그 작디작은 1mm 내외의 실 같은 재선충이 말이다.

우리의 손으로 잡을 수도 없는 아주 작은 재선충에 큰 소나무가 쓰러지는 것처럼, 우리도 작은 일을 소홀히 할 때 우리의 인생이 망가질 수 있다는 사실을 기억해야 할 것이다. 옛말에도 작은 것에 걸려 넘어진다는 말이 있다. 큰 장애물은 우리가 조심해서 피할 수 있지만, 사소한 것은 그냥 스쳐 지나치기 일쑤이기 때문이다. 우리는 작은 것에 주의를 기울이지 않는다. 하지만 인생에서는 자주, '작은' 결정이나 '사소한' 판단이 우리 앞날을 바꿀 때가 있다.

인생은 큰일에만 그 가치와 의미가 있는 것이 아니다. 우리가 오늘 점심때 자장면을 먹을 것인가, 짬뽕을 먹을 것인가처럼 사소한 문제를 갖고 고민할 때도 그 의미가 있다. 한 사람의 인생은 이런 사소한 것들이 모여 전체를 이룬다. 어느 날 갑자기 어떤 사람의 인생이 완성되는 건 아니다.

오늘 해야 할 일을 내일로 미루고, 작은 것을 소홀히 하는 습관에 길들여 있지는 않은가. 그리고 후회하고 있지는 않은가. 내 지인 중 한 사람은 항상 밀가루가 든 음식을 좋아했다. 음식을 주문할 때마다 밀가루로 된 메뉴를 선택했다. 그러다가 결국 위장병을 얻었고, 그 위장병 때문에 약을 먹게 되었고, 그 약을 평생 입에 달고 살았다. 이처럼 인생에서 사소한 선택이 모두 사소한 결과로 이어지진 않는다. 사소한 결정이 모여 큰일을 일으킬 수도 있다. 모든 것이 인과관계가 있으며, 그 사소한 것들이 모여서 미래를 좌지우지하는 셈이다.

빠르게 지나가는 게 인생이라고, 일확천금을 꿈꾸며 큰일에만 신경을 쏟는다면 우리는 인생에서 놓치는 일이 너무나 많을 것이다. 큰일을 도모한다며 작은 일에 신경을 쓰지 않는 사람들에게 들려주고 싶은 이야기다. 큰일이란 작은 일이 모여 큰일이 된다는 사실을.

지나간 것은 돌이킬 수 없다

네덜란드 암스테르담에는 15세기경에 세워졌고, 지금은 폐허가 된 성당이 있다. 이 성당에는 다음과 같은 글이 비석에 새겨져 있다고 한다.

"이미 그러한 것은 그렇지 않은 것이 될 수 없다."

우리 인생도 이미 지나간 것은 돌이킬 수도 없고, 되돌아올 수도 없다. 내 지인 중 K는 한 여자를 사랑했다. 그는 그 여자를 위해 최선을 다했지만, 결국 헤어지고 말았다. 그러다가 몇 년 후, 그 여자가 병으로 죽었다는 소식을 전해 들었다. K는 땅을 치고 후회를 했다.

"그때 날 떠나려고 했을 때 어떻게든 그 여자를 잡을걸. 잡았어야 했어. 나와 함께했을 때는 얼마나 건강했는데! 계속 내가 보살필 걸 그랬어. 설득해야 했어. 끝까지 붙잡아야 했어. 쉽게 보내준 내 잘못이야!"

나를 만날 때마다 K는 이렇게 한탄을 했다. 하지만 하늘나라로 떠나버린 여자는 돌아오지 않는다. 다시 돌이킬 수 없는 일이다. 인생은 이처럼 후회해도 소용없는 것들이 대부분이다. K처럼 사랑하는 여자의 행복을 위한다고 그냥 보내준 것이 결국은 영원한 이별이 되는 수도 있다. 사람은 미래를 볼 수 있는 것이 아니다. 그 당시에는 최선이라고 판단해서 내린 결정이 뜻밖의 결과를 불러올 수도 있다.

하지만 그렇다고 해서 그 불행한 결과에 매여 있어서도 안 된다. 인생은 계속된다. 산 사람은 살아야 하고, 떠난 사람은 이미 떠나버린 것이다. 나는 K에게 이렇게 말하곤 했다.

"떠난 사람은 이미 벌어진 일이야. 자네가 이렇게 괴로워한다고 해서 달라지는 것은 아무것도 없네. 물론 그때 자네가 그 여자를 설득해서 함께했더라면 다른 결과가 있을지도 모르지만, 그건 누구도 알 수 없는 일이었네. 그렇다고 자네의 남은 인생을 온통 그 여자 생각을 하면서 보낸다고 한들 그게 무슨 의미가 있겠는가. 그건 그때 내렸던 자네의 결정보다 더 잘못된 일일지도 모르네. 나중에 또 이 순간을 돌이켜 보면 다시 땅을 치고 후회할지도 모를 일이지. 설혹 우리가 살면서 잘못된 결정을 내렸다고 해서, 거기에만 빠져 다른 결정을 또 어긋나게 한다면 그건 다시 한번 인생에 죄를 짓는 일이지. 이제 자네의 일상으로 그만 돌아가도록 하게."

우리 인생은 순간순간의 판단이 만들어가는 것이다. 사소한 결정들이 우리의 인생을 조각해나가고 있는 셈이다. 오늘의 나는 어제의 내가 만든 것이고, 오늘의 나는 10년 후의 나를 만든다고 한다. 지금부터라도 우리는 어제의 지나간 일을 두고 괴로워하기보다는, 지나간 것은 접어두고 내일의 문제를 해결하는 데 시간을 쓰도록 해보자. 과거의 일들에 발목을 잡혀 통한의 눈물은 흘리지 말고 말이다.

링컨이 알려주는
'인생에서 놓치지
말아야 할 것'

—

링컨이 젊은 시절에 자신의 비평 능력이나 글솜씨를 뽐내기 위해 남을 비평하는 글을 잘 썼다고 한다. 한 번은 제임스 쉴즈라는 정치가를 신랄하게 비판하는 글을 〈스프링필드 저널〉지에 익명으로 실어 인신공격을 했던 적이 있었다.

젊은 링컨의 예리하고 날카롭기로 소문이 난 그의 필력에 쉴즈는 망신을 당했다. 그리고 망신을 당한 쉴즈는 보복을 하기 위해 그 익명으로 쓴 사람을 찾아 결투를 신청한다.

링컨은 싸울 의사가 전혀 없었다. 더구나 목숨을 건 싸움은 절대 하고 싶지 않았다. 그러나 쉴즈는 끈질긴 결투 신청을 하게 된다. 링컨은 결투를 피할 수 없는 당시 미국 사회의 관습 때문에 결국, 미시시피강에서 목숨을 건 결투를 받아들이게 된다.

그리고 링컨은 쉴즈로부터 "내가 결투를 신청했으니 무기는 당신이 선택하시오"라는 문자를 받게 된다. 링컨은 지난 일을 후회해봐야 소용없다는 것을 깨달았다. 그래서 그는 어쩔 수 없이 결투 신청을 받아들이고 싸움에서 이길 방법을 찾게 된다.

이윽고 링컨은 자신의 팔이 긴 덕분에, 긴 창으로 결투를 하는 것이 유리하다는 판단을 내린다. 그래서 긴 창으로 결투하기로 하고, 매일 긴 창을 들고 미시시피강으로 가 사람을 찔러 죽이는 연습을 했다.

하지만 링컨은 연습 내내 마음에 걸렸다. 사람을 죽이기 위해서 밤낮으로 이렇게 연습을 하는 것이 내키지 않은 일이었기 때문이다. 이런 생각을 하면서도 링컨은 자신의 목숨을 지키기 위한 수단이라 생각하며, 혼란스러운 가운데에서도 훈련을 계속했다.

세상을 사는 귀중한 교훈

링컨은 싸움에서 이긴다면 살인을 하는 것이 되고, 지게 된다면 자신이 죽는 것이었다. 그러니 이 싸움이야말로 정말 할 수도, 안 할 수도 없는 진퇴양난이었다.

이런 갈등 속에서도 결투 날짜는 어김없이 다가왔다. 링컨은 할 수 없이 긴 창을 들고, 미시시피강의 결투장에 나갔다. 생사를 건 결투를 위해 쉴즈와 마주 서게 되고, 팽팽한 긴장감이 흘렀다. 잠시 그렇게 긴장이 흐르고, 결투가 시작되려는 순간이었다. 하지만 이때, 친구들의 적극적인 만류로 싸움은 종료되었다.

이 사건으로 링컨은 세상을 사는 방법에 있어 귀중한 교훈을 얻게 된다. 바로 누구에게도 악의를 품지 말고, 모두를 사랑하자는 것이다. 그는 이를 삶의 가치로 삼고, 그 뒤로는 절대 사람을 비평이나 비판하지 않았다고 한다. 그리고 설사 잘못한 사람이 있다고 하더라도 그에게 그럴만한 사정이 있었을 것이라는 생각을 했다. 그리하여 그를 이해하려 노력하는 사람이 되었다고 한다. 이런 링컨은 이후 미국에서 가장 존경받는 대통령이 되었다.

특히 그를 존경한 윌슨 대통령은 링컨의 사진을 집무실에 걸어놓고, 어려운 일이 있을 때마다 "당신 같으면 어떻게 처리하겠소?"라고 물었다고 한다.

사람은 누구나 실수를 한다. 그러나 그 실수를 다시 하는 사람은 어리석은 사람이다. 반면, 이 실수를 교훈으로 삼는 사람은 현명한 사람이다. 현명한 사람은 손실이나 패배를 당했을 때 앉아서 탄식만 하지 않고, 즐겁게 그것을 만회할 방법을 모색한다.

링컨은 한 번 실수의 경험으로 이런 말을 남겼다고 한다.

"비난이나 비평, 그리고 불평하지 말자(Don't criticize, condemn or complain)."

이러한 링컨의 젊은 시절 일화처럼 우리도 젊을 때는 다른 사람을 쉽게 비평하고 비판한다. 내 친구 J도 역시 그랬다.

"남을 심판하지 마라,
그러면 너희도 심판받지 않을 것이다"

J는 회사에서 자기가 맡은 일을 곧잘 잘해 내는 능력이 뛰어난 친구였다. 그런데 자신이 일을 야무지게 잘했기 때문인지, 함께 일하는 사람의 실수를 그냥 넘어가는 법이 없었다. 그래서 항상 독설을 날리곤 했다.

"이따위로 일할 거면 당장 때려치워요!"

그래서 J와 함께 일하는 동료나 후배들은 늘 이러한 독설에 상처를 많이 받았다고 한다. 또 J는 다른 사람의 결과물에도 쉽게 비평을 일삼았다.

"이건 너무 평범하지 않나, 평범하지 못해 너무 떨어져. 이것밖에 못 하나. 이래서 이 일을 계속할 수 있겠어?"

이런 J도 어느덧 중년에 이르자, 한번은 내게 이렇게 말했다.

"그동안 내가 너무 다른 사람을 비판했던 것 같네. 나이가 들어보니, 사람이 실수도 할 수 있는데, 젊은 시절에는 왜 그게 그토록 용납이 안 되었던 걸까. 지금 생각해 보면 아무것도 아닌데, 왜 그토록 그들의 실수나 잘못에 대해 인색했는지 모르겠네. 나이가 드니까 절대로 실수하지 않을 것 같던 나도 깜빡깜빡하고, 실수할 때도 있는데 말이야. 이제야 그들을 이해할 수 있을 것 같네."

이 말을 들은 나는 J에게 이렇게 말했다.

"이제라도 그걸 알았다니 다행이네. 물론 좀 더 이른 시기에 그 사실을 깨달았더라면 더 좋은 일이었을 테지만, 이제부터라도 다른 사람들의 잘못이나 실수에 좀 더 너그러워지면 되지 않겠나."

J는 나이가 들어서야 '사람이라면 누구나 잘못이나 실수를 할 수 있다'는 삶의 이치를 깨달았지만, 젊을 때도 미리 이걸 아는 사람들이 많으면 좋을 것이다. 그러나 인생이란 게 그렇게 간단하지가 않아서, 자신이 완벽하다고 느끼는 사람은 다른 사람의 작은 실수에도 인색한 법이다. 또 자신이 항상 영원히 완벽할 거라고 착각을 한다.

다시 강조하지만, 인간은 언제나 같은 모습으로 머물 수는 없다. 그것이 인생의 비밀이다. 생각해 보면, 나이가 들수록 육체적으로나 정신적으로 약해지기에 인간은 더 성장해가고 성숙해지는 것이 아닌가 싶다. 그것이 인생의 섭리가 아닐까. 인간이 약해지면서 자신의 부족함을 깨달을 때 비로소 남을 이해하게 되는 것이다. 하지만 더 현명한 인간이라면 자신이 강할 때에도 그렇지 않은 다른 사람의 작은 실수나 잘못을 너그러이 이해하는 배려심도 키워나갈 것이다.

"남을 심판하지 마라, 그러면 너희도 심판받지 않을 것이다."

링컨의 비문에는 이렇게 쓰여 있다. 우리는 일상에서 링컨의 이 말을 가슴에 새기며 살아야 할 것이다.

다 른 사 람 과 의
관 계 에 서
놓 치 지 말 아 야 할 것

—

필자의 『행복과 만나는 지혜』라는 책에서 당근과 달걀과 커피는 생존하기 위해 당근은 펄펄 끓는 물에 넣으면 부드러워지고, 달걀은 오히려 단단해지고, 커피는 녹아서 동화된다는 이야기를 한 일이 있다.

당근과 달걀과 커피가 부드러워지고 단단해지고 동화되어 생존하는 법을 배울 수 있었던 것은 펄펄 끓는 물에 시달리는 고난과 역경이 있었기에 얻은 지혜이고 생존 수단이다. 이처럼 당근, 달걀, 커피 같은 생존 수단도 중요하지만, 소통을 하지 못해 발생하는 많은 문제를 보면서 소통이 중요하다는 생각을 해본다.

어느 날, 우연히 TV를 보다 보니 종편에서 부부싸움 이야기가 나왔다.

정담을 나누며 강변을 한가롭게 산책을 하던 한 중년 부부의 이야기다.

남편이 말했다.

"여보! 내 친구 민철이가 재혼한다네."

그 말을 들은 부인이 이렇게 대답했다.

"잘됐네요. 혼자 피곤하게 사는 것 같더니. 축하해 줘야겠네요."

그러자 남편이 갑자기 화를 내며 말했다.

"뭐라고, 축하한다고? 그럼 당신도 나랑 헤어지면 재혼한다는 이야기야?"

부인은 남편의 이 말에 되받았다.

"아니, 그 이야기가 왜 여기서 나와요? 그런 뜻이 아니잖아요?"

남편은 화를 더 불같이 내면서 소리쳤다.

"그러니까 재혼을 축하한다는 이야기 아니야! 정말 불쾌해서 같이 못 있겠네. 난 절대 재혼 같은 것을 생각해 보지 않았는데. 당신, 정말 불쾌해서 함께 있지 못하겠구먼."

이 말을 남긴 남편은 휭하니 어디론가 사라져 버린다. 부인도 재혼 같은 것은 한 번도 생각해 본 적이 없는데, 기가 막히고 어이가 없다.

타인과 평화롭게 함께하는 법, 소통의 기술

　남편의 이야기에 부인은 그 사람의 결혼은 그 사람의 것으로 생각하고, 그 사람의 결혼을 그냥 축하한 것인데 남편은 자신과 연결 지어 생각하다 보니 이런 사단이 일어난 것이다. 이것은 결국 남편은 자기의 생각에 충실하고, 부인도 자신 생각에만 충실한 나머지, 자기 울타리 밖을 볼 줄 몰라 생긴 일일 게다.

　사람들은 자신의 보호 수단이든, 삶의 수단이든, 그리고 강하든, 약하든 자신의 프레임을 가지고 산다. 또 다른 사람들을 자신의 프레임 속으로 끌어들이려 하기도 하고, 내치려고도 한다. 그런데 이 프레임이 강한 사람은 옳고 그름을 떠나, 주변 사람들을 힘들게 하고 스스로는 주변과 섞이는 일이 별로 없다.

　필자가 알고 있는 M이란 사람은 어려운 환경에서 자라면서 엄마에게 상처를 많이 받고 자랐단다. M은 아직도 그 상처가 치유되지 않아 가끔 엄마에게 투정 겸 지난 상처를 이야기해도 받아 주지 않는다고 한다. 그래서 M의 가슴에는 치유되지 않은 상처가 많이 남아 있었단다. 이런 M은 가끔 내게 다음과 같은 이야기를 했다.

　"저는 지금도 제 어머니를 사랑하면서도 미워해요. 어머니께 받은 상처가 아직도 아물지 않은 채 남아 있기 때문인가 봐요. 그것은 표현할 수 없는 고통이죠. 제 어머니를 이해는 하지만, 좋아할 수는 없으며, 존경하는 마음도 전혀 생기지 않아요. 그러기에 저는 제 아이들을 사랑하면서 아이들에게 사랑받는 어머니로 남고 싶어요. 그리고 그렇게 되도록 끊임없이 노력할 거예요."

이렇게 가슴에 상처를 안고 있던 M은 "나는 자식을 낳으면 절대 화를 내지 않고, 참아 주고, 기다려 주며, 절대 상처를 주지 않는 엄마가 될 거야"라고 다짐을 했단다. 그리고 아들을 낳아 키우는 동안 끊임없이 속을 썩이고 사고 치는 자식을 위해 매일 기도하며 기다렸다고 한다. 그리고 눈물을 흘리는 인고의 세월 속에서 엄마가 된 M은 그렇게 30여 년을 항상 긴장하고 조심하면서 아들을 키웠다. 그러던 중, 드디어 이 아들을 결혼시키게 되었다.

설탕이 들어오면 설탕물로,
소금이 들어오면 소금물로

아들의 결혼식 날에도 엄마인 M은 오늘도 무사하길 바라며 하느님께 기도하면서 결혼식장으로 향했다. 결혼식이 시작되어 주례사가 끝나고, 양가 부모님께 인사를 해야 할 시간에 아들이 갑자기 마이크를 잡고 이야기를 시작했다. 엄마는 가슴이 덜컥 내려앉았다. 아들이 또 무슨 일을 하려나 긴장을 하고 있는데, 마이크를 통해 아들의 목소리가 들려오기 시작했다.

"하객 여러분! 이렇게 제 결혼식에 와 주셔서 정말 감사합니다. 오늘 제가 세상에서 가장 존경하는 분을 꼭 소개하고 부모님께 인사를 드리려 합니다. 그분은 지금 이 자리에 와 계십니다. 그분은 지금껏 제게 한 번도 야단을 치거나, 거친 말을 하거나, 강요를 한 일이 없으십니다. 그분은 모든 것을 참아주시고, 담아주시고, 저를 품어주시고, 들어주신 저의 어머님이십니다. 어머님, 존경합니다. 그리고 사랑합니다. 그동안 저를 위해 희생만 해오신 저의 어머님께 우렁찬 박수를 부탁드립니다."

이렇게 이야기한 아들은 계속 말을 이어갔다.

"이 힘들고 엄청난 일을 제게 해주신 저의 어머님의 큰 사랑의 뜻을 받아, 저도 제 자식을 그렇게 키우겠다는 약속을 많은 하객 여러분 앞에서 하겠습니다. 지켜봐주시고 격려해주십시오. 감사합니다."

엄마는 너무 뜻밖의 아들 이야기에, 그냥 눈물만 흘리고는 말이 없었다. 상처로 시작한 M이 실천한 사랑은 아들을 감동하게 했다. 그리고 존경받는 엄마로 아들에게 자리 잡았고, 그 엄마의 사랑이 대를 이어 집안의 내력으로 성장하게 되었다.

엄마처럼 모든 것을 품어주고, 담아주고, 기다려줄줄 아는 포근함이 많이 그리워진다. 물은 모든 것을 담아준다. 물속에 설탕이 들어오면 설탕물로, 소금이 들어오면 소금물로, 그냥 그 색깔 그대로 담아 준다.

남을 나의 프레임 속으로 끌어들이려 애쓰지도 않고, 또 담아 두려는 노력도 하지 말자. 그들의 색깔대로 모든 것을 그냥 품어주고 담아주는 그런 사람이 되자. 모든 것을 품어주는 물처럼 서로를 이해하는 데 필요한 소통의 기본은 '그대로 인정해주는' 것이 아닌가 싶다.

남을 칭찬할 때
놓치지 말아야
할 것

—

강아지는 어려서 모든 동물과 잘 화합하고 어울리지만, 방치를 해
둔 강아지는 들개로 변해 아무나 물고 으르렁거린다. 같은 심성을 갖
고 태어났다고 하더라도, 어떤 교육을 받고 어떤 환경에서 어떻게 살
았느냐에 따라 달라진다는 것을 이야기한다.

또 사람들에게 어떻게 말을 하느냐에 따라 호감을 살 수도, 분노
를 살 수도 있다. 그렇다면 어떻게 말해야 호감을 살 수 있을까. 특히
매력적인 이성을 만나거나, 누군가에게 호감을 사고 싶을 때 대화를
어떻게 시작해야만 보다 효과적인 방법일까.

미네소타 대학에서는 여학생 80명에게 남들이 자신에 대해 이러
쿵저러쿵 뒷말하는 네 종류의 이야기를 엿듣게 했다. 그리고 어떤 이
야기가 제일 듣기 좋고, 제일 듣기 싫은지를 조사했다고 한다.

첫 번째 사람은 계속 칭찬만 하는 사람이었다.

"그 애는 지적이지, 말도 잘하지, 똑똑하지, 게다가 인상도 참 좋아."

예를 들면, 이런 식의 뒷이야기였다.

두 번째 사람은 계속 나쁜 말만 하고, 욕만 하는 이야기였다.

"그 애는 무식하고 아는 것도 없으면서, 아는 척은 왜 또 그렇게 하는지 정말 꼴불견이야."

세 번째 사람은 처음엔 욕을 하다가 마지막에 칭찬으로 마무리를 하게 했다.

예를 들면, 다음과 같았다.

"그 애는 일하는 것이 답답하고 느린데, 나중에 알고 보니 그게 치밀하고 꼼꼼하게 일을 완벽하게 하는 것이더라고."

네 번째 사람은 반대로 처음에는 칭찬하다가, 나중에는 비난으로 끝을 맺는 사람이었다. 예를 들어, 직장에서 상사가 이렇게 말하는 식이었다.

"실적은 많이 올렸군. 그런데 이 보고서 작성은 이게 뭐야! 변변치 못하게."

심리학적으로 '기대치 위반 효과'의 부작용

이렇게 네 사람의 말을 다 듣고 제일 좋은 사람은 누군가를 조사했더니, 제일 호감이 가는 사람은 세 번째 사람이었다. 욕을 하다가 칭찬으로 마무리하는 사람 말이다. 단점을 먼저 지적하고, 잘한 점을 칭찬하는 이야기에 많은 사람은 호감을 느꼈다고 한다.

그리고 제일 싫은 사람은 네 번째의 사람이었다. 처음에는 칭찬하다가 나중에 욕하는 사람이었다고 한다. 이런 사람의 말은 사람을 좌절감에 빠지게 하고, 가장 듣고 싶지 않은 말이라고 한다. 이런 네 번째 사람의 말은 심리학적으로 기대치에 어긋났을 때 사용하는 전문용어로 '기대치 위반 효과'라고 한다. 이것은 물건을 줬다가 뺏는 것과 같은 거라고 할 수 있다.

첫 번째 칭찬만 하는 사람은 두 번째 좋은 사람으로 꼽히게 되었는데, 그 이유는 다음과 같다. 사람들은 좋은 말만 계속 들으면 오히려 지루하기에, 그 효과가 급격히 줄어들게 되기 때문이란다.

최근 한 자녀만 키우는 부모들은 금이야, 옥이야 하면서 자식들을 키운다. 이렇게 키우다 보니, 어떤 아이들은 천방지축 혹은 안하무인이 되는 경우가 있다. 그리고 이 아이가 장성한 경우, 집안에 돈 좀 있고 권력이 있으면 꼴불견의 갑질로 나타나는 것이다. 최근에 사회 물의를 일으키게 되는 경우가 이런 사례에 해당하는 셈이다.

많은 사람은 자녀를 키울 때 무조건 칭찬만 해주는 것이 상대가 좋아하고, 잘하는 교육방법이라 착각한다. 하지만 칭찬만 하다가 아이들의 버릇을 잘못 들이고 있지는 않을까. 한번쯤 되돌아봐야 할 일이다. 귀한 자식일수록 잘못을 지적해주고 칭찬을 해줄 때, 아이도 감사하고 고마워한다는 사실을 기억하자.

겸손한 사람 곁에는 항상 주변에 사람이 머문다. 그리고 칭찬을 잘 해주는 사람 곁에도 사람들이 스스로가 가까운 사이라고 느낀다. 또 너그러운 사람은 다른 사람을 따르게 한다고 한다. 그런데 단점을 지적해 잘할 수 있도록 격려해 주고, 잘한 것을 찾아 칭찬해 줄줄 아는 사람에게는 주변에 많은 사람이 머문다.

다른 사람을 칭찬하는 것은
다시 나에게로 돌아온다

그렇다면 두 번째 사람의 경우처럼 계속 나쁜 소리만 하는 경우를 더 자세히 살펴보자. 세상에 태어날 때는 누구나 똑같이 태어났지만, 환경이나 부모의 가르침에 따라 귀염을 받는 강아지로도, 들개로 변할 수 있다. 우리는 흔히 칭찬에 인색하다. 마치 남을 칭찬하면 나 자신이 깎인다고 생각한다. 하지만 이는 실제로 반대다. 남을 칭찬하게 되면 메아리처럼 그 칭찬이 나에게로 다시 되돌아온다. 그리고 칭찬을 많이 받는 사람일수록 귀여운 강아지 같은 성격이 된다.

하지만 어릴 때부터 비판만 받아오던 사람은 거친 들개처럼 되어, 다른 사람에게 또 비판을 쏟는다. 자신이 남을 자주 비판하는 성격이라면 한 번쯤 자신의 어린 시절을 되돌아볼 필요가 있다. 남의 잘못만 쏙쏙 뽑아내 비판을 해야 직성이 풀린다면, 그건 다른 사람이 문제가 아니라 자신의 문제일 수도 있다.

왜 자신이 거친 들개가 되어 남의 장점은 못 보고, 단점만 물고 늘어지는지 되짚어봐야 할 것이다. 사람에게는 누구나 장단점이 있다. 장점이 하나라도 없는 사람은 거의 없다. 하지만 같은 사람이라도 어떤 사람에게는 칭찬의 대상이 되고, 또 어떤 사람에게는 비판의 대상이 되기도 한다.

그렇다면 이건 누구의 잘못일까. 바라보는 시각차이다. 장점만을 찾아서 그 사람에게 칭찬해서 성장시키는 사람이 있는 반면에, 단점만 골라내서 그 사람에게 상처를 주고 위축을 시키는 사람이 있는 것이다.

우리는 어떤 사람이 되어야 할까. 인생은 앞에서도 여러 번 말했지만, 참으로 짧다. 그런데 이런 짧은 인생 속에서 꼭 남의 단점만을 발견해서 비판만 해야 할까. 그러기엔 그 사람의 인생도, 나의 인생도 너무나 짧다는 사실을 우리는 반드시 기억해야 한다.

그리고 사실 누군가의 단점을 이야기해서 말해준다고 해도, 실제로 그 사람이 달라지는 것도 아니다. 사람의 천성은 잘 변하지 않는다. 그냥 장단점을 쭉 유지하고 살아갈 뿐이다. 그런데도 자신이 심판관인 것처럼 누군가의 단점을 하나씩 찾아내서 읊어주고, 정리해 준다고 해서 달라지는 것은 아무것도 없다. 단지 그 사람의 마음속에는 상처와 원망만이 남을 뿐이다. 관계만 소원해질 것이다. 그러나 칭찬은 상대방에게 힐링이 되고, 서로의 관계도 더 돈독해진다. 또 그 칭찬으로 상대는 그 장점을 더 기억하면서 발전하게 되는 것이다.

이처럼 칭찬을 할 때도 요령이 있고, 심리학적인 배경도 있다. 그런데 중요한 것은 어쨌든 칭찬으로 마무리를 해야 한다는 사실이다. 그래서 남을 볼 때, 단점보다는 장점을 빨리 먼저 찾는 습관을 들여야 한다. 단점은 살짝 스치고, 장점은 듬뿍 채워진 대화라야 다 같이 행복해질 수 있다. 길지 않는 인생에서 우리가 놓치지 말아야 할 것은 바로 이러한 대화의 기술이다. 어떤 대화를 하느냐에 따라 누군가가 행복해진다면, 굳이 그 반대의 선택은 할 필요가 없을 테니까 말이다.

Part 5
인생은 그래도 아름답다

인 생 에 서
하 나 쯤
즐 겨 야   한 다 는   사 실

—

　누구나 인생을 살아가다 보면, 결국 우리의 삶이란 어릴 적 읽었던 동화처럼 아름답지 않다는 것을 알 수 있다. 모든 사람의 인생에는 부자든, 가난한 자든 누구나 자기가 지고 가야 할 십자가가 있다. 이런 이야기도 있지 않은가. 어떤 사람이 사는 게 너무 힘들어 자살했는데, 하늘나라로 올라가 하느님을 만났다. 그리고는 자신의 삶이 너무 힘들다고 하소연을 했다. 하느님은 그럼 다시 한번 기회를 줄 테니 직접 삶을 선택하라고 했다.

　그리고 십자가가 가득 있는 곳으로 가서 그 십자가 중 하나를 고르라고 했고, 결국 그 사람은 가장 가벼워 보이는 십자가를 골랐다. 하느님은 그 사람에게 그 십자가에 쓰인 이름을 보라고 했는데, 그 남자는 그 이름을 보고 깜짝 놀랐다고 한다. 가장 가벼워 보이는 십자가를 골랐는데, 알고 봤더니 그게 자신의 삶이었다는 것.

이 이야기처럼 누구라도 자신의 삶이 가장 무겁고 힘들다고 느낀다. 그건 다른 사람의 삶을 살아본 적이 없기 때문이기도 하다. 그래서 부자든, 가난한 자든 모두가 나름 자신의 삶을 힘들게 느낀다.

그런데 이러한 삶 속에서 우리는 계속 힘들다는 생각을 하고 살아야 할까. 이 삶을 잘 살고 끝내려면 자신이 즐길만한 것을 한 가지쯤 가지는 것이 좋다. 평생을 통해 자신이 기댈 수 있는 마음의 안식처를 가진 사람은 똑같이 힘든 인생이지만, 즐거울 수 있다. '그래도 인생이 아름답다'는 생각을 하고 살아가려면 한 가지 정도 자신이 사랑하는 대상을 만들어라. 그 어떤 것이든 좋다.

나는 그중에서 술을 예로 들어보겠다. 술은 많은 사람이 평생을 통해 사랑하는 것 중 하나다. 사실 술은 우리 인생과 닮은 구석이 많다. 그렇다면 술은 어떤 점이 우리 인생과 닮았을까.

술과 우리 인생은 데칼코마니

술은 오래 보관하다 보면 양이 줄어들고, 사람들도 나이가 들면 몸집이 작아짐을 알 수 있다.

그런데 어떤 술은 오래 두면 양이 줄면서 좋은 술이 되고, 어떤 술은 먹지 못할 술이 되기도 한다. 술의 질은 어떻게 보관하느냐에 따라 다르다. 오크통에 보관한다고 다 좋은 것이 아니다. 오크통에 와인을 숙성시킬 때도 산소의 접촉으로 인해 변질될 수 있기 때문에 변질을 방지하기 위해 주기적으로 아황산을 보충해준다. 아황산은 와인보다 먼저 산소와 반응하여 와인의 산화를 막아줄 수 있기 때문이란다. 따라서 고급 와인은 오크통에서 2년 정도만 보관한 뒤에, 병에 담아 10에서 15년, 특별한 경우는 20에서 30년 숙성시켜 최상의 맛에 도달하게 한다.

술은 그 과정을 지나면서 양은 줄게 되는데, 맛과 향과 술의 도수를 높이기 위해 부단히 노력하여 만든 술은 고급술로 승화된다. 하지만 그렇지 못한 술은 알코올이 다 빠져 맹물로 되기도 하고, 제맛과 향과 풍미를 잃어 가치 없는 술로 변해 부패를 막는 기능을 잃게 되기도 한다.

세월의 마찰로 작아진 우리의 인생은 어떤가. 우리 인생도 술처럼 어떤 그릇에 어떻게 관리가 되었느냐에 따라 달라져 있는 것을 느낄 수 있다. 인간 본연이 가지고 있는 선과 악 중에서 선을 버려 부피가 작아진 사람에게서는 악취가 나고 주변을 부패하게 만든다. 하지만 악을 버려 부피가 작아진 사람에게서는 인생의 향기와 따뜻함이 녹아들어, 주변을 훈훈하게 만들고 행복하게 만들 것이다.

만약 당신이 인생의 향기와 온기를 잃고 싶지 않다면, 칭찬받은 것은 오래 기억하고 모욕당한 것은 그냥 잊어버려라. 물론 이렇게 한다는 건 결코 쉬운 일은 아니다. 하지만 그 보상은 크다. 이와 더불어 남의 약점을 찾아 비난하거나 욕하려 하지 말고 칭찬할 일만 생각해

라. 그러면 비록 세월이 당신의 몸을 작게 만들지라도 당신의 몸에서 풍기는 인생의 향기와 따뜻함은 더 진한 천상의 향기로 멀리멀리 퍼져 나갈 것이다.

술의 진실

술에 관한 전설을 살펴보면 인류보다 동물들이 먼저 술을 마시기 시작했다고 한다. 태곳적에 나무 밑이나 바위틈의 웅덩이에 무르익은 과일들이 떨어져 쌓이고 뭉개져 과즙이 고이면, 자연에 존재하는 효모에 의하여 발효가 일어나 저절로 술이 빚어지게 되었다. 그리고 그곳을 지나던 동물들이 목을 축이느라 웅덩이의 술을 마시게 된 것이 음주의 시작이 되었다고 한다.

필자는 아침마다 스포츠 센터에 들러 운동 후 사우나를 하고 하루를 시작한다. 사우나를 하면서 탕 속에 몸을 담그고 있다 보면 매일 다양한 사람들을 만나게 되는데, 그들의 대화를 듣다 보면 매일 공통점이 있다. 그것은 첫째가 술이고, 둘째가 여자이며, 셋째가 골프 이야기다.

세계 188개 국가 중 도수가 높은 증류수를 가장 많이 마시는 나라가 1인당 소비량이 9.59*l*로 바로 우리나라라고 한다. 그래서 탕 속의 대화 중 첫 번째 화두가 술 이야기이었던 것 같다.

세상에서 부패를 막아주는 것이 3가지가 있다. 그중 첫 번째가 소금이고, 두 번째가 알코올이고, 세 번째가 설탕이다.

우리가 마시는 알코올 속에는 소량의 메탄올이 들어있고, 메탄올은 알코올의 분해가 끝난 다음에 분해된다. 이때 분해과정에서 포름알데히드가 생성되는데, 이 포름알데히드는 대사 과정을 거쳐 메탄산이 된다. 좀 극단적으로 말하면 박제할 때 쓰는 포르말린이 포름알데히드 수용액이다. 이 포르말린이 바로 포름알데히드를 약 35% 정도로 물에 녹인 용액을 일컫는 이름이다. 포름알데히드는 점막에 자극성이 강하고 두통, 구토 등을 유발하며 1급 발암물질로 알려져 있다. 참고로 메탄올을 조금 마시면 실명을 하게 되고, 많이 마시면 목숨을 잃게 된다.

소금과 알코올과 설탕 속에서는 미생물이 번식하지 못한다. 그래서 소금, 설탕, 알코올이 부패를 방지하는 3대 물질이다. 발효와 부패의 차이는 둘 다 미생물에 의한 작용의 결과이다. 단지 이를 나누는 기준은 우리의 목적에 맞으면 발효이고, 그렇지 않으면 부패라고 한다. 그러므로 우리가 즐겨 마시고 먹는 술과 김치는 발효이고, 음식이 썩고 변질하는 것은 부패라고 한다.

우리가 상처에 소독할 때 바르는 것이 알코올이다. 소독을 위해 사용하는 알코올은 에탄올이다. 이 에탄올은 삼투 능력이 커서 세균 표면의 막을 잘 뚫고 들어간다. 에탄올이 세균막을 뚫고 들어가 세균의 단백질을 응고시켜 죽이는 것이기에 미생물이 소금이나 알코올에서는 번식하지 못하는 것이다. 다시 말하면 에탄올은 세포의 표면을 파괴하고 단백질을 분해한다는 것이다.

우리가 술을 먹고 난 다음 땀을 흘리지도 않았는데, 갈증을 느끼는 것도 우리 몸 조직의 세포가 파괴되고 그 파괴된 세포들이 가지고 있는 수분이 알코올이 배출될 때 함께 배출되어 갈증을 유발하게 된다.

매일 사우나에서 입에 제일 많이 오르내리는 술이란 지나치면 우리 몸속의 조직 세포를 파괴하는 1급 독성물질로 발암물질이라는 것을 우리는 바로 알아야 할 것이다. 이런 술의 진실 속에서 인생의 진실도 묻어 있다. 인생에서도 뭐든 지나치면 독이 되는 법이다. 사랑도 그렇고, 야망도 그렇고, 욕망도 그렇다. 인생의 이치는 술처럼 과유불급이다. 적당히 마시면 기분이 즐겁고 행복한 술처럼, 우리 인생도 큰 욕심 없이 과유불급의 자세로 살아내는 것이 필요하다. 마치 술을 적당히 마실 줄 아는 사람이 품격 있는 신사가 되는 것처럼, 우리 인생도 그렇게 적당히 즐기면서 사는 것이 아름답게 사는 한 방법일 것이다.

아 름 다 운
인 생 을 위 해 서
우 리 가 꼭 해 야 할 일

—

나이가 서른이 넘고, 무사고 운전 경력이 몇 년인 나에게 어느 날 어머니께서 차는 위험하니까 운전하지 말고 다니면 안 되냐고 말씀하신다. 에너지 넘치는 대한민국의 젊은이이고, 직장생활을 위해 적극적으로 활동을 하는 경제인인데 어머니 눈엔 아직도 물가에 내놓은 어린애일 뿐이었던 것 같다.

하기는 할머니께서도 60살이 넘는 아버지에게 가끔 '아가'라고 부르시는데, 나야 어린이 취급을 받는 것은 어찌 보면 당연한 일일 것이다.

몇 해 전 명절 때 부모님께 해외여행을 보내드린다고 말씀드리고, 두 분께 여쭈어 적절한 목적지를 정했다. 그리고 날짜에 맞게 항공편을 예약하고, 숙박 후기를 읽어가며 숙박업소를 알아봤다. 여행일정은 해외 출장이 많아 내게 쌓인 마일리지 포인트를 이용해 일등석

항공권에 특급호텔로 프리미엄급으로 일정을 잡았다.

휴양지로의 여행이었지만, 그래도 체류하시는 동안 하실만한 것이 무엇이 있을지 인터넷을 뒤져보았고, 현지에서의 이동 방법도 정리하기 시작했다. 그런데 예상대로 하나, 둘 준비가 착착 되고 예약이 완료되어 갈수록 오히려 마음이 불안해지기 시작했다.

거의 완벽하다 할 정도로 준비는 끝나 가는데, 하나부터 열까지 모두 걱정이 되기 시작했다. 비행기는 제때 잘 탈 수 있으실지, 탑승 게이트는 잘 찾아가실지, 현지에 도착해 입국 수속은 잘 밟을지, 호텔 이동은, 음식 주문은, 현지 일정은 예약한 대로 제대로 소화할 수 있을지…….

부모님 여행 보내기 프로젝트

이때의 불안감은 점점 증가해 이루 말할 수 없을 정도였고, 차라리 여행을 취소하고 싶을 정도였다. 평소 이런 깜짝 선물이라는 것을 종종 해드렸더라면, 정말이지 취소했을지도 모른다. 그런데 난생처음 해보는 이벤트인데, 이제 와 불안하니 취소하자고 말씀드릴 수도 없었다.

"그래! 준비를 더 완벽히 해보자."

이렇게 다짐을 하고 아침, 오전, 오후, 저녁 일정을 나누어 시간표를 만들고, 구글 지도와 인터넷 블로그 자료에 있는 사진들을 하나하나 모아 짜깁기를 하여 이동 동선 시뮬레이션 자료까지 만들어 드렸다. 가장 불안하던 현지에서의 관광 일정은 업체가 숙소 앞에서 직접 픽업해서 관광할 수 있도록 예약도 마쳤다.

그래도 마음이 편치 않았다. 걱정이 너무 컸던 탓일까, 아버지가 눈치를 채셨는지 웃으시며 한마디 하신다.

"엄마, 아빠 잘 다닐 수 있어, 너무 걱정하지 마. 나도 젊어서는 배낭여행으로 일본과 유럽을 한 달 이상 다녔단다."

아버지의 이 말씀에 다소 안도감이 들었다.

생각해 보니, 부모님께서는 내가 태어나기도 전부터 지금까지 거의 30여 년이 넘는 세월 동안 사회활동을 하신 분들이고, 두 분 모두 해외여행을 자주 가시는 분들이었다. 이렇게 나보다 경험도 훨씬 많으신데, 지나치게 걱정을 많이 했던 것 같다. 이제야 부모님께서 내게 잔소리하시는 이유를 알 것 같다.

물론 그 이후로도 여행 출국 일을 기다리는 동안은 물론이며, 두 분이 여행을 떠나가 계신 뒤로도, 그리고 다녀와서 한국에서 연락이 되기까지 계속 걱정이 되긴 마찬가지였다. 드디어 두 분이 돌아오셨고, 여행지에서의 일화들을 하나하나 이야기하실 때야 마음이 놓이고 뿌듯함을 느꼈다.

더 늦기 전에 우리가 해야 할 일

어쩌면 그날 이후 부모님을 이해하는 마음이 조금씩 자라나기 시작했는지 모르겠다. 자기 잘났다고 맨날 떠들어 대는 아들이 얼마나 철없어 보이고 걱정스러울까. 부모님 집을 떠나 혼자 살며 밥은 잘 챙겨 먹는지부터 차는 조심하는지, 운전은 위험하게 하지 않는지, 술 취해 밤늦게 돌아다니지는 않는지, 아직도 잔소리가 듣기 싫은 건 매한가지지만 날 걱정하시는 마음이 이해가 되기 시작했던 건 분명하다.

그날 이후 부모님께서 여행에서 느끼신 즐거움과 추억, 그리고 여행 선물에 관한 고마움 등을 듣는 내내 느끼는 행복감만으로도 충분히 걱정했던 가치가 있었다. 이와 더불어 그동안 알고는 있었지만, 쉽사리 와닿지 않았던 부모님의 마음이나 그동안 키워주신 부모님의 은혜를 조금 더 잘 이해하는 좋은 기회가 되었다.

맑고 깨끗한 날씨만 계속된다면 초원을 사막으로 만들지만, 가끔 흐리고 비 오는 날이 있어야 초원을 더욱 기름지게 만들 수 있다. 그리고 그 속에서 새로운 새싹이 잉태되어 더 넓은 초원을 만든다.

부모님과 자식 사이에도 걱정과 관심이 없는 관계가 되는 것은 가족의 사막을 만드는 것이다. 하지만 부모 자식 사이에 근심과 걱정을 함께 나누는 것은 가족 간의 얼었던 마음을 더욱 따뜻하게 녹여주고 감싸주는 것이리라.

부모님 두 분의 해외여행 보내드리기, 이건 아름다운 인생을 위해서 우리가 반드시 해야 할 일이다. 자주 보내드리기 힘들다면 단 한 번만이라도 좋다는 생각이다. 굳이 비싼 여행일 필요도 없고, 반드시 해외여행일 필요도 없다. 하지만 조금 낯설고 새로운 곳이면 더욱 좋을 것 같다

아름다운 꽃은 누구나 바라봐주고 탐을 내도 그 꽃잎이 떨어지면 아무도 줍지 않고 그냥 밟고 지나간다. 그러나 아름답게 물든 단풍잎이 떨어지면 누군가의 책갈피 속에 곱게 간직된다고 한다.

자식을 위해 아름다운 꽃잎을 다 떨구고 이젠 단풍으로 물들어 가는 부모님, 우리가 고운 단풍잎으로 남을 수 있도록 부모님 여행 보내기 프로젝트를 기획해 보면 어떨까. 사막화되는 가정이 아니라 서로를 아끼고 이해하고 사랑하는 가족을 만들기 위해서 말이다. 그리고 가장 중요한 이유는 우리 인생이 아름답게 빛나기 위해선 나를 이 세상에 있게 해주신 부모님을 행복하게 해드리는 기회를 놓쳐서는 안 되기 때문이다. 시간이 얼마 남지 않았다. 어서 빨리 우리 인생이 아름답게 되는 기회를 잡아라!

'내가 틀렸다'는
사실을 인정할 때
인생은 더 아름다워진다

—

"헤이 보스, 말도 안 되는 소리, 내가 요청했을 때 결정만 해줬어도 이번 딜 성사에 문제없었다고요."

"이 고객은 절대 기다려 주지 않는 고객이라고 내가 분명히 말했잖아요."

이게 웬 하극상인가?

인천공항을 떠나 30시간 가까이 지나고 겨우 도착한 내 파트너 회사에 들어서자마자 들리는 큰소리, 분명 뭔가 일이 꼬인듯해 보였다.

그런데 모두의 큰 목소리를 듣다 보니 사장에게 책임을 묻는 성토의 장이 아닌가. 이 이야기는 남아메리카 대륙의 유명하지 않은 나라, 가이아나의 이야기이다.

해외 출장을 다니면서 전 세계 방방곡곡을 돌아다니며 수많은 파트너를 만났고 겪어왔다. 그중 최고는 지금 소개하는 가이아나 파트너이다.

세계시장에서 오랜 시간 1, 2위를 하는 경쟁사 브랜드를 모두 물리치고 압도적으로 1위를 수성하고 있는 것도 모자라, 쉽게 들어보지도 못한 작은 나라에서 엄청난 매출을 일으키고 있다.

파트너사들을 평가하는 기준에 따르면, 0에서 시작해 15점이 되면 보통의 파트너라고 평가한다. 그런데 이 가이아나 파트너는 90점에 육박한다. 물론 내가 보고 들었던 그 어떤 파트너도 그 이상은커녕 절반에도 못 미치고 있을 정도로 단연 월등한 성과를 내는 셈이다.

이렇게 장황하게 소개하는 이유는 인구 70만에 GDP 3조 수준에 불과한 이 작은 나라에서 고작 100여 명의 인원으로 연 매출 1,000억 가까이 달성하고 있는 거대한 회사가 내세우는 기업 문화 때문이다.

그 기업 문화란 바로 '현상 리뷰 회의'이다.

'계급장 떼고' 진행하는 미팅

'현상 리뷰 회의'란 이슈와 관련된 모든 직원이 모여 평가를 하는 것이다. 좋은 일이 있었다면 도움을 받은 사람들이 직접 칭찬을 하는 것이고, 안 좋은 일이 있었다면 그 원인을 찾아내 밝히는 것이다.

사장 앞에 나서서 일방적으로 공로를 치하하거나 책임자를 추궁

하는 일방적 구조가 아니라, 도움을 받은 사람이 직접 도움을 준 사람에게 감사를 표하고, 문제를 발견한 사람이 문제가 된 사람에게 개선을 요구하는 것이다.

특히 문제가 된 사람이 사장일지라도 여지없이 진행된다. 소위 말하는 '계급장 떼고' 진행하는 미팅인 셈이다. 그리고 회의가 끝나면 다시 일상의 조직으로 돌아가지만, 당연히 회의장에 있었던 여운은 전혀 남지 않는다. 회의실 문을 나가는 순간 감정은 떨치고 사실만 남기게 된다.

칭찬과 지적 모두 조직의 발전을 위해 쓰일 뿐 서로 간 앙금으로 남기지 않는 것이 원칙이며, 이는 지난 수년간 잘 지켜져 오고 있다.

한번은 이 특별한 회의를 만든 사장에게 그 용기와 아이디어를 칭찬한 적이 있었다. 직원들이 사장이 저지른 문제를 거침없이 지적하는데, 분명 사장이 볼 때는 사원들의 지적을 받아들이기는 쉽지 않았을 것이기 때문이다.

그런데 사장으로부터 오히려 반문을 듣게 되었다.

"나의 잘못된 판단과 행동을 찾는 기회의 장인데 왜 지적이고 용기라고 생각해?"

사장의 말은 창업자의 아들로 태어나 오랜 시간 유학을 마치고 회사에 들어와 보니, 회사엔 이 바닥에서 수십 년 경험을 쌓은 베테랑들이 많았다고 한다. 모든 것이 새롭고 어리숙한 창업자 아들 눈엔 나보다 많은 것을 배우고 경험해온 직원들의 능력이 절실히 필요했을 것이다.

그런데 웬일인지 자신의 한마디에 그 누구도 토를 달지 않았다. 시장을 아직 잘 모르던 사장의 잘못된 결정에도 지적을 해주는 사람이 아무도 없었다. 사장의 아들이 처음부터 사장은 아니었는데도, 자신의 상관조차도 단 한 번도 자신의 의견에 대해 이견이 없었다는 것이다. 물론 자신의 회사라는 책임감으로 최선을 다해 업무에 임했으니, 사장의 아들은 처음부터 좋은 성과도 많이 냈단다.

그러나 계속해서 좋지 못한 결과가 나왔지만, 누구도 알려주지 않아 도무지 무엇이 잘못인지 알 수가 없었다. 어디서 잘못된 것인지 찾지 못하니 실수는 반복되었고, 직원들을 불러 모아 누가 잘못한 건지 물어도 속 시원한 답을 찾지 못했다.

그러다 문득 자신의 결정이 잘못되었던 것인가 하는 생각이 들었다고 한다. 조직은 자신의 결정대로 움직였고, 각자의 자리에서 최선을 다했는데 반복적으로 문제가 생겼다면 그럼 자신의 선택이 잘못된 것일 수 있겠다는 생각이 들었다는 것이다.

그래서 시작된 것이 이 '리뷰 미팅'이라고 한다.

자신을 내려놓는 용기

사장은 외국 국적의 백인이고, 직원들은 흑인이다. 인종차별은 없어져야 하지만, 아직 가이아나란 나라에서 백인과 흑인 간의 차이는 여전히 존재한다. 이런 상황에서 '리뷰 미팅'이 쉽게 정착되지는 않았을 것이다.

그러나 사장은 "어떻게 내려놓는 용기로 리뷰 미팅을 할 결단을 했느냐"는 나의 질문에 "나는 내려놓는 용기를 낸 것이 아니라, 자신과 회사의 성장을 위한 도움을 찾은 것이다"고 대답했다.

이젠 많은 시간이 흐르고, 리뷰 미팅 문화가 정착된 지금도 조직 어디에도 도려내야 할 오래된 환부는 없다고 사장은 자부하고 있다. 이 리뷰 미팅은 상처가 생기고 고름이 나면 즉시 발견할 수 있고 치료할 수 있어 적응력이 빠르다는 것이다. 그 상처와 고름이 사장인 자신일지라도 즉각 문제를 발견해 낼 수 있다는 것이 사장의 생각이다.

물론 가이아나 파트너 회사의 사업이 성공함에 있어서 '리뷰 미팅'이 얼마나 큰 영향을 미쳤는지 알 수 없다. 그러나 사장의 내려놓는 용기가 아니라, 사장에게 필요한 도움이라는 말은 마음에 깊이 남았다.

대부분의 사람은 자신의 이름을 알리고 명예를 얻고자 하는 야망과 자신을 앞세우려는 마음이 앞선다. 그런 욕구를 버리고 내려놓는 삶을 산다는 것은 결코 쉬운 일은 아니다.

일반인도 자존심을 내려놓기는 쉽지 않은데, 사장이 그 모든 것을 내려놓은 용기가 있었기에 처음으로 접하는 분야에서도 세계 최고의 자리를 유지할 수 있지 않았나 싶다. 인생은 이처럼 자신마저 내려놓을 때 더 아름다워질 수 있는 법이다.

영재도 아름다운
인생을 누리려면 우리 사회가
놓치지 말아야 할 것들

—

세계는 두뇌, 과학 전쟁을 통한 국가 간 생존경쟁의 시대로 돌입했다. 특히 정보화 시대에서의 국제간 경쟁은 매우 치열하다. 1997년 영국에서 처음 출간된 해리포터 시리즈는 4억 부 이상의 판매를 올려 300조 원의 매출을 기록했다. 이는 우리나라가 지난 10년간 판매한 반도체 수출 총액 230조 원보다 많다.

그만큼 고급두뇌를 양성하는 것이 중요한 시대가 되었다. 그러므로 탁월한 소수정예의 고급두뇌 집단을 국가 차원에서 집중적으로 양성하고, 확보 및 활용하는 것이 경쟁우위 선점의 관건이다.

모든 국민은 능력에 맞는 교육을 받을 권리가 있다.

우리나라 헌법(제31조 제1항)에 보면, 모든 국민은 '능력에 맞는 교육을 받을 권리가 있다'고 명시하고 있다.

학생들 간에는 개인차가 있어서 지적 수준이나 재능에 따라 소화해 낼 수 있는 학습 내용의 수준과 양이 다르다. 따라서 학생들의 수준에 따라서 학습 방법과 학습자료, 학습 내용이 달라야 한다. 우수한 학생은 많은 양을 빨리, 깊이 있게 소화해 내는 데 비하여, 보통 학생은 그보다 적은 양을 겉핥기식으로만 소화해 낸다.

이런 차이로 대부분 학생이 하나를 배우기 위해서 한 번 학습한다면, 영재들은 "하나를 배우면 열을 깨우친다." 그러나 장애가 있는 특수아들은 하나를 배우기 위해서 열 번 반복 학습해야 한다.

헌법에는 누구나 타고난 잠재능력을 최대한 계발할 권리가 있음이 명시되어 있다. 장애가 있는 특수아동과 마찬가지로 특수 재능아, 또는 영재들도 정규 교육과정만으로는 그들의 잠재력을 최대로 계발하기 어려운 특수아이다. 이미 장애가 있는 특수아에 대한 조치는 일반 학교에서도 어느 정도 이루어져 있다고 해도 과언이 아니다. 그러나 그 반대의 특수아인 영재들에 대해서는 일부 학교를 제외하고는 지금까지 특별한 조치를 하지 못한 것이 사실이다.

많은 사람은 대체로 '뛰어난 아이들인데, 자기 스스로 알아서 잘할 거야!'라고 생각한다.

역차별을 받는 교육이 되어서는 안 된다

미국에서 이루어진 연구에 의하면, 고등학교 중퇴생 중 10% 정도가 영재로 분류될 수 있는 아이들이라고 한다. 약간 우수한 아이들은 학교생활에 잘 적응하고 '공부도 잘해나가는 것'이 사실이다.

그러나 지나치게 뛰어난 아이들이 일반 학교에서도 건강하고 즐거운 생활을 해 나갈 수 있으려면 특별한 도움이 필요하다. 많은 영재는 학교에 가기를 싫어한다. 그 원인이 특수 재능아가 일반적인 아동과 같은 학습 내용을, 같은 시간 동안, 같은 속도로 공부하면서 자기 수준에 맞는 도전적인 학습 기회를 얻지 못하고, 이미 잘 알고 있는 내용을 여러 번 반복해서 공부해야 한다면 이 아동은 지루함을 참아내야 한다.

또 새로운 것을 배우거나 탐구할 필요성을 느끼지 못하므로, 동기 유발이 되지 않고 열심히 학습하는 자세를 갖지 못하게 될 것이다. 따라서 이 아이들은 학년이 올라갈수록 기본적인 학습 기능과 학습 자세를 갖추지 못하여 학습 부진아로 전락하게 된다.

그러나 이들에게 지적으로 자극적이고 도전적인 학습 환경이 계속 제공되기만 하면, 이들의 생산적 창의성은 무궁무진할 수 있다. 영재 교육은 이렇게 학습 속도가 빠르고 기억력이 우수한 아이들에게 지적으로 자극적이고 도전적인 학습 환경을 제공하여, 그들의 잠재력을 최대한 계발하는 한 방법으로 기능할 수 있다.

영재성을 타고나지 않았는데 억지로 영재로 만들려고 애를 쓴다면 그 효과는 아주 미미하거나 부작용이 있을 수 있다. 이와 반대로, 영재성을 타고났더라도 본인이나 가정에서나 또한 학교에서 이를 계발시키기 위해 노력하지 않으면 영재성은 발휘되지 않을 수 있다.

유전과 환경이 상호 작용이 있을 때
시너지 효과가 나타난다

영재들의 특별히 뛰어난 능력은 유전적인 것일까. 아니면 후천적인 훈련을 통해서 계발되는 것일까. 세계적으로 역사적 기록에 남을 만한 업적을 이룬 사람들에 관한 기록을 연구한 결과를 보면, 뛰어난 능력은 타고나는 것이며 타고났다고 하더라도 후천적으로 계발되지 않으면 뛰어난 성취를 이루지는 못한다고 한다. 그러므로 유전과 환경이 상호 역동적으로 작용하여 뛰어난 재능이 나타났다고 한다.

또 다른 문제는 "누구라도 영재 교육을 받으면 영재성이 길러질 수 있는 것이 아닌가?"라는 점이다. 물론 어린 시기는 그 어느 때보다도 잠재력이 활발하게 계발되는 시기이다. 그러나 잠재력의 크기는 사람마다 다르게 타고난다고 보아야 할 것이다.

그래서 영재 교육은 누구나 교육을 받는다고 해서 영재가 되는 것이 아니다. 그런데 누구나 영재 교육을 받으면 영재가 될 수 있다고 왜곡 과장하여 선전하는 학원들이 있다. 그리고 이와 더불어 부모의 조기 교육열이 합세하여 취학 전 어린이에 대한 교육적 조치를 지나치게 과열하도록 한다.

그래서 결국은 그들의 능력을 신장시켜 주기는 고사하고, 일찍이 배운다는 것에 대한 흥미와 호기심을 상실시키는 역기능을 갖게 되었다. 만약 부모의 만족을 위해 평범한 아이를 무리하게 영재로 만들려고 한다면, '사랑하는 내 자식을 위해서' 시작한 일이 오히려 자녀를 왜곡되게 하고, 결국은 망칠 수도 있다는 점을 깨달아야만 한다.

인생은 자기가 가진 것을 꽃 피울 때 가장 아름답고, 자기가 가지지 못한 것에 열중할 때 불행해질 수 있다. 그러므로 우리는 아름다운 인생을 위하여 자기가 무엇을 가졌는지 알아볼 필요가 있다. 그걸 위해선 자기 자신을 관찰하는 것이 필요하다. 자신이 가진 것, 이어서 자기 아이가 가진 것, 그것을 객관적으로 볼 수 있는 능력이 바로 인생을 더 아름답게 가꾸는 길이다.

우리가 인생에서 놓치지 말아야 할 것들

아름다운 인생을
위하여 우리가
버려야 할 것

—

도시의 팽창으로 용이동 성당이 생겨 10여 년 동안 월례행사를 함께 해오던 ME(marriage encounter) 가족의 일부가 성당과 함께 분가하게 되어 헤어짐의 자리를 ME 가족이 함께하게 되었다.

토요일 오후에 모여 아쉬움 속에서 여흥을 즐기던 중, 항상 웃음으로 분위기메이커 역할을 하던 프란치스코 형제님이 뜻밖의 이야기를 꺼낸다.

"형님! 요즘 우울증이 오는 것 같아요."

"무슨 소리야! 우리에게 항상 웃음을 주고, 인간 네비게이션 역할을 하는 형제님이 그런 소릴 하면 어떡해?"

"이제 모든 것이 귀찮고 삶에 별 흥미도 없고, 회사도 그만 다니고 싶어요. 왜 그래요? 어찌해야 할까요?"

유난히 따뜻한 마음에 모든 사람과 잘 어울리고, 솔선수범하는 멋진 형제님의 실없는 웃음 속에 농담 섞인 이야기가 다소 뜻밖이고 당혹스럽다.

사람은 모두 변해간다.

아기는 아기대로, 노인은 노인대로…….

그렇게 변하는 모습을 볼 때마다 아기들은 예쁜데, 늙어가는 노인들을 볼 때면 그렇게 예쁘다는 생각은 들지 않는다.

왜일까. 그것은 아기들은 날마다 성장하면서 새로운 모습을 보여주며 우리에게 즐거움을 주고 점점 발전하기 때문에, 다음날 새로운 것을 보여줄 그 모습이 궁금하고 신기해 더 보고 싶고 기다리며 기대를 한다. 이에 반해, 노인들은 볼 때마다 새롭게 발전하는 것이 아니라, 오히려 점점 퇴보해 가며 실망을 하게 하는 행동 때문이 아닐까 싶다.

인생을 잡아먹는 우울증의 정체

젊은 사람들보다는 노년층에서 우울증이 많이 생긴다. 젊을 때는 활발하던 사람들도 나이가 들면 우울감을 많이 느낀다고 한다. 내 지인 중 H의 어머님도 그중 한 분이셨다. H의 어머님 말씀에 따르면, 젊을 때는 아이들을 키우고 바쁜 일상을 살아내느라 정신이 없어서 우울할 틈이 없었는데, 나이가 들어 자식들이 모두 독립하고 나니 할 일이 없어졌다는 것이다. 그래서 혼자 있는 시간이 많다 보니 우울함이 많이 찾아와 힘들다고 하셨다.

우울증은 이렇게 노년에 많이 찾아올 뿐만 아니라, 요즘은 젊은 층에도 많이 나타난다고 한다. 보통 우울증은 자신이 원하는 바가 좌절될 때 찾아온다. 자신의 힘으로 어찌할 수 없을 때, 비유적으로 말하자면, 막다른 골목에 다다랐을 때 인간은 무기력해지고 우울감에 빠지게 된다. 또 한편으로 우울증은 뇌의 신경전달 물질인 '세로토닌'이 부족해 생기는 병으로 알려져 있다. 이 경우에도 세로토닌이 뇌 부위에 전달되지 않으면 사람은 우울한 감정을 느끼게 된다고 한다. 또 우울증은 유전적 요인에 의해서도 생긴다고 한다. 부모가 우울증을 앓았으면 자녀에게도 우울증이 올 수도 있다고 한다. 이렇게 우울증은 다양한 원인에 의해 발생한다.

그 원인에 따라 치료 방법도 다르겠지만, 우리가 좌절해서 생기는 우울증에서 벗어나는 방법은 '생각의 전환'이라는 치료법을 이야기해볼 수 있다.

자신이 열망하는 일이 자신의 능력과 환경으로서는 이룰 수 없는 것이라는 확신이 생겼을 때 우울증이 찾아올 경우, 과감한 생각의 전환을 해보라. 이럴 때는 관점을 변화시켜야 한다. 아니면 우울증에 자신이 잡아먹히고 말 것이다. 인생은 열망하는 것들이 나이에 따라 달라진다. 변할 수 있다는 이야기다. 오늘 내가 열망하던 것이 5년 후나 10년 후에는 아무런 의미가 없어질 수도 있고, 관심이 식을 수도 있다. 인간은 변화하는 존재라는 것을 잊지 말아야 한다.

하지만 그 열망에 빠져 있을 때는 자신이 평생 그것만 열망할 것이라는 착각을 한다. 그래서 그 열망이 좌절되는 순간, 우울증에 빠지게 되는 것이다. 인생이라는 것이 그렇게 하나의 틀에 자신을 가둬버린다면 단조로울 수밖에 없다. 인생은 실제 그 자체가 단조로운 것이 아니라, 그걸 운영하는 사람의 생각에 따라 단조롭고 무의미한 것이 될 수도 있고, 다채롭고 의미 있는 것이 될 수도 있다. 사고의 전환, 관점의 전환이 된다면 막다른 골목에서 빠져나올 수 있다.

"최후까지 살아남는 사람들은
변화에 가장 민감한 사람들이다!"

바쁜 사람은 늙을 시간도 없다는 말이 있다.

목표를 갖고 새로운 것에 도전할 때면 지루할 틈이 없다.

필자가 발명에 빠져 일을 하던 때나, 테니스를 배우던 때나, 바둑을 배우던 시절에는 조금 더 좋은 결과를 얻기 위해 노력했다. 그리고 더 잘해서 필자보다 한 수 위인 사람에게 도전해 이기고자 하는 마음으로, 잠자는 시간까지 아까워하며 열정을 불태우던 시절이 있었다.

열정이 있을 때는 우울할 시간이 없다.

목표가 있는 사람은 우울할 시간이 없다. 그 목표를 달성하기 위해 준비하고 도전하느라 시간에 쫓기기 때문이다.

그런데 나이가 정년쯤 되어갈 때가 되어 무엇엔가 도전하려면 주위 사람들이 하는 이야기가 있다.

"아니, 그 나이에 뭘 하려 하십니까? 그냥 쉬세요."

이 말에 공감하고, 그런가 하면서 쉬다가 보면 삶이 무의미해지고 무기력해지면서 우울증이 오기 십상이다.

정년 후 사람들이 아무 일도 하지 않고 무위도식(無爲徒食) 한다면 정작 그들을 기다리는 것은 무엇일까. 그리고 그들의 앞에서 반겨주는 것은 과연 무엇일까.

내가 변하면 세상 모든 것이 변한다. 다윈은 "최후까지 살아남는 사람들은 가장 힘이 센 사람이나 영리한 사람이 아니라, 변화에 가장 민감한 사람들이다"라고 이야기했다.

변화를 통해 도전할 때면 기다림이 생기고, 기다림에는 설렘이 있고, 설렘에는 삶의 즐거움이 생긴다. 그러기 위해서는 항상 작은 목표라도 정해놓고 도전하자. 우리의 인생은 단 한 번뿐이다. 우울하게 보내는 시간으로, 그냥 시간을 죽이는 삶은 너무 아깝지 않은가. 도전과 설렘과 기다림이 있을 때 우리의 삶은 즐거워진다. 그리고 새롭게 기회를 잡을 수 있는 내 모습을 볼 수 있어, 인생이 더 풍요롭고 아름다워질 것이다.

Part 6
우리가 인생에서
누려야 할 것들

우 리 가
품 위 를 지 키 며
사 는 방 법

—

　우리가 인생을 살아가면서 누려야 할 것은 인간으로서의 품위를
지키는 것이다. 그런데 그 방법 중 가장 일상적인 것 중 하나를 바로
지금부터 이야기하려고 한다. 다음의 두 가지 이야기 속에 그 실마리
가 있다.

　회사 면접시험 과제가 4에서 5명씩 팀을 만들어 주고 그 팀원들
을 설득하라는 것이었다. 제각각 면접을 보러 온 사람들은 주어진 시
간에 먼저 자기주장을 해서 상대를 설득해야 한다는 부담감으로 자
기가 먼저 이야기를 하려고 서두르는 기색이 역력했다. 그리고 자기
가 설득을 당하면 자신이 입사할 수 없다는 생각에 더욱 조급해하면
서 자기주장에 열을 올렸다.

　어떤 사람은 아예 상대의 이야기에는 관심도 없고 자신의 이야기

만 하려 하다 보니, 상대 이야기는 듣지도 않았다. 그리고 상대가 이야기하면, 이야기하는 도중에 말허리를 자르고 개입하며 비난하기 일쑤였다.

이렇게 토론이 진행되다 보니, 그들의 대화 속에는 상대가 하는 이야기마다 'NO'의 연속이었고 'Yes'의 답은 나오지 않았다. 토론을 진행하는 동안 서로의 목소리는 커지기 시작했고, 토론장은 아수라장으로 시끄러웠다.

드디어 토론 시간이 끝난 후, 팀 중에서 토론하면서 가장 설득을 잘한 사람을 쪽지에 써내라고 하자 한 사람의 이름이 몰표로 나왔다. 그런데 그 몰표를 받은 사람은 자기주장을 많이 하지 않고, 오히려 남들이 이야기할 때 경청해 주고 고개를 끄덕여 주며 'Yes'라고 응답해주던 사람이었다고 한다.

천수답 옆에 있는 연못에서 백조 부부와 개구리가 사이좋게 살았다. 그런데 가뭄이 계속되어 연못의 물이 점차 줄어들게 되자, 백조 부부와 개구리는 그곳에서 생활할 수 없어 이사하게 되었다. 백조 부부는 날개가 있어 날아서 이동하면 되지만, 개구리가 문제였다. 그래서 백조 부부는 며칠을 고심한 끝에 부부가 막대 양 끝을 물고, 개구리가 가운데를 무는 아이디어를 냈다.

막대를 문 백조 부부와 개구리가 물이 있는 다른 곳으로 이동을 하는데, 이를 본 농부가 무릎을 치며 "그 좋은 아이디어를 누가 냈느냐? 너희들, 정말 똑똑하구나. 누구 아이디어냐?"라고 하자, 자랑하기 좋아하고 말이 많은, 막대를 물고 있던 개구리가 "저예요!"라고 말하는 순간 개구리는 추락했다. 먼저 아이디어를 냈던 백조 부부는 황당함에 떨어지는 개구리를 바라볼 수밖에 없었다는 이야기다.

남의 이야기를 듣기부터 하라

앞의 두 이야기에서는 입으로 말을 해서 얻은 것보다 잃은 것이 더 많다는 것을 시사하고 있다. 첫 번째 이야기에서는 남을 공격해서 득을 얻기보다 남을 존중하고 자신을 낮추는 겸손과 경청으로 품위를 지킨 사람을 이야기했다면, 두 번째 개구리 이야기에서는 감사와 겸손을 모르는 개구리의 몰락을 이야기하고 있다.

비난보다 칭찬, 욕심보다 감사, 과시보다 겸손, 우선 먼저보다 배려, 무시보다 존중할 줄 아는 사회는 없을까.

그것의 출발은 대화에서부터 시작된다.

지금까지 많은 책에서 성현들로부터 올바른 대화법은 남의 이야기를 듣기부터 하라고 배웠지만, 사실 실천하기는 힘들다. 우리가 귀가 둘이고 입이 하나인 이유는, 많이 듣고 적게 말하라는 의미가 담겨 있다고 한다. 특히 세 치 혀의 무서움을 알기에 혀를 동굴(입) 속에 가두고, 철창(이)으로 막은 다음, 가죽(입술)으로 봉해 나오지 못하게 했다는 표현은 말을 조심하고 삼가라는 의미가 아닌가 싶다.

인생을 살아가면서 우리가 가장 많이 하는 실수는 모두 다 말에서 나온다. 말이 많으면 실수도 잦은 법이다. 게다가 사람들은 모두 말을 많이 하고 싶지, 듣는 걸 좋아하지 않는다. 하지만 반대로 생각해 볼 때, 인생에서 말만 적게 하고 남의 말에 귀 기울이면 참으로 인기 있는 사람이 될 수 있다. 여기에도 희소성의 원칙이 적용되기 때문이다. 말하기 좋아하는 사람은 많지만, 듣기를 잘하는 사람은 드물기에 듣는 것만 잘해도 경쟁력이 생기는 것이다.

사람과의 관계에서도 주로 말을 하는 사람과, 주로 듣는 사람이 나뉠 때가 많다. 모두가 자기 이야기를 하고 싶지, 관심도 없는 남의 이야기를 듣고 싶어 하지 않는다. 그러나 인생을 품위 있게 누리기 위해서는 '듣는 습관'부터 지니는 것이 좋다. 또 나이가 들수록 '입은 닫고, 지갑은 열어라'는 세속적인 말도 있지만, 그만큼 말이 많다는 건 듣는 사람에겐 잔소리처럼 들리기도 쉽다는 뜻이다.

인생은 '폼생폼사'이다

품위 있게 자신을 관리하고 인생을 살아내려면 말하기보다는 듣기를 잘하는 사람이 되어야 한다. 인생은 '폼생폼사'이다. 우리가 인생에서 누려야 할 것들이 많이 있지만, 자신의 품위를 지키는 것이 우선이다. 가장 쉬운 방법은 말을 적게 하는 것이다. 말을 적게 하는 사람에겐 배려심이 보이고, 카리스마가 느껴진다. 그리고 듣고 있다가 한 마디씩 공감의 말만 해줘도, 다른 사람들은 지혜로운 사람으로 인정해줄 것이다.

인생에서 품위를 지키기 위해 무엇보다도 '다른 사람의 말을 들어주는 방법'은 품위 유지비도 들지 않아서 좋다. 딱히 특별한 비용도 들이지 않으면서 인격적으로도 성숙한 사람처럼 보이는 것이 남의 이야기를 경청하는 것이다. 물론 이 방법이 말처럼 쉬운 것은 아니다. 누구나 말하기를 좋아하기 때문에 남의 이야기를 끈기 있게 들어주는 건 훈련이 필요하다. 그러나 처음에는 품위를 유지하기 위해, 혹은 '성숙한 사람처럼' 보이기 위해 다른 사람의 말을 들어주다 보면 정말 '성숙한 인격자'가 되어 있는 자신을 만나볼 수 있다.

남의 말을 듣다 보면 자신의 말이 줄어들고, 말이 줄어들다 보면 실수도 적어진다. 또 남에게 말로 상처를 주는 일도 줄어든다. 게다가 남의 말에 귀 기울이다 보면, 자신이 평소 하지 못했던 생각을 깨우칠 수도 있게 된다. 또 남의 말을 듣다 보면, 그 사람에게서 자신의 잘못된 과거의 모습을 발견할 수도 있다. 이런 과정을 통해서 자기반성을 하게 되고, 정말 미숙했던 자신의 인격을 다듬어갈 기회도 생기는 것이다.

인생은 '폼생폼사'이지만, 겉멋만 드는 것이 아니라, '속멋'까지 들려면 이렇듯 간단한 습관만 들이면 된다. 쉬운 것 같으면서도 어려운, 또 어려운 것 같으면서도 단순한 이 방법을 지금 당장 실천해보자. 처음엔 하다 보면, '원래 나는 남의 말을 들어주는 체질이 아니야'라고 회의가 들고 힘들 수도 있지만, 잠시만 참고 계속 반복하다 보면, 어느새 내가 '듣는 체질'로 변해버린 것을 알게 될 것이다. 기왕 태어난 인생, 품위 있고 폼나게 살려면 지금부터 입은 닫고, 귀는 열어두기 바란다. 그러면 가끔 내가 하는 한 마디가 다른 사람에게 큰 힘을 발휘할 것이다.

다 가 오 는　시 대 에
우 리 가　인 생 에 서
누 려 야　할　것 들

—

　우리는 인생에서 무엇을 누리며 살아야 할까. 우리의 삶은 분명 과거에 살던 사람들이 누리던 것과는 다를 것이다. 우리는 사실 지금 어떤 의미에서든 격동의 시대에 살고 있다. 과학 기술도 과거에 발전하던 속도와는 분명히 다른 급격한 변화를 하는 중이다.

　예전에는 "10년이면 강산도 변한다"는 말도 있었지만, 요즘 시대는 어떤가. 10년이 뭔가. 5년, 아니 1년 안에도 강산은 변할 수 있고, 그보다 더한 변화도 일어나는 세상이다. 특히 우리는 지금 과거에는 겪어보지 못했던 제4차 산업 혁명이라는 시대에 살고 있다.

　그렇다면 제4차 산업 혁명 이전의 제1차, 제2차, 제3차 산업은 어떤 변화를 거쳤을까. 제1차 산업 혁명이라고 불리는 증기기관의 기계혁명은 영국을 '해가 지지 않는 나라'로 만들었다. 그리고 제2차 산업 혁명이라 할 수 있는 전기 동력을 대량생산하는 에너지 혁명과

제3차 산업 혁명의 컴퓨터 제어 자동화 디지털 혁명은 미국을 세계 최강의 패권 국가로 변모시켰다.

또 제4차 산업 혁명은 제3차 산업 혁명의 연장선으로 〈멕켄지 보고서〉에 따르면 "모바일 인터넷, 자동화, 사물인터넷, 무인차, 전지, 신소재 등 제4차 산업 혁명의 모든 부분에서 선진국들의 독점 현상이 계속될 것이며, 제조업이나 정보통신기술 인프라가 부족한 신흥국들은 상당히 고전할 것이다"라고 말했다.

1970년대에는 마트에 가면 종업원에게 물건값을 묻고 물건을 사던 시절이었다. 우린 벌써 그 시대를 잊고 지내지만, 이 시대가 제2차 산업 시대라고 할 수 있다. 그것이 진화하여 바코드가 물건값을 대신하는 시대가 제3차 산업 시대라고 한다. 그럼 제4차 산업 시대는? 현재 아마존이 시범적으로 운영하는 시애틀의 오프라인 상점은 아마존 회원이 상점에 입장하여 물건을 가방에 담고 마트 밖으로 나오면, 점원이나 바코드의 도움 없이 자동으로 계산이 되는 시스템으로 되어 있다. 이처럼 제4차 산업은 가상과 현실이 연결되는 산업이다.

인간의 수명이 길어지는 150세 시대

제4차 산업 혁명의 핵심 키워드는 융합과 연결이다. 정보통신기술의 발달로 전 세계적인 소통이 가능해지고, 개별적으로 발달한 각종 기술의 원활한 융합을 가능케 한다. 정보통신기술과 제조업, 바이오산업 등 다양한 산업 분야에서 이뤄지는 연결과 융합은 새로운 부가가치를 창출해 낸다.

예를 든다면, 스마트워치는 '하루에 잠은 얼마나 자는지', '밥은 무엇을 먹는지' 등 사람의 신체 활동 데이터를 축적한다. 스마트워치는 데이터를 스마트폰뿐만 아니라 냉장고, 전등, 텔레비전 등 다양한 기기들과 공유한다. 데이터가 축적되면 특정한 패턴이 형성되고, 그 결과를 토대로 사람들의 행동을 예측한다. 기업들은 예측 결과를 바탕으로 소비자의 특성에 맞는 물건들을 생산해 낸다.

또한, 자동차와 병원이 연결되어 사람들이 자동차 안전띠를 매고 운전을 하는 동안 자동차는 운전자의 건강을 자동으로 체크한다. 이 방식은 운전자가 안전띠를 매는 순간 안전띠가 지나는 위치에 있는 장기들의 상태를 바탕으로, 심장의 박동 수와 맥박 수, 그리고 체온, 허파나 간장의 상태 등을 측정하는 것이다.

이렇게 측정된 데이터는 스마트워치를 통해 컴퓨터에 저장된다. 그리고 저장된 내용은 다시 컴퓨터가 분석하고 예측한다. 그리하여 그 결과를 리스크(risk)가 큰 환자 순서로 리스트(list)를 만들어 주치의와 환자에게 필요한 정보를 자동으로 전달한다. 따라서 사람들이 신체에 이상이 생기기 전에 미리 병원을 가도록 일러주는 새로운 시스템의, AS가 아닌 BS(Before System) 시대가 열리면서 인간의 수명이 길어지는 150세 시대를 제4차 산업사회가 이끌어 가는 것이다.

이처럼 제4차 산업 혁명의 특징은 초연결성, 초지능성, 예측 가능성이다. 사람과 사물, 사물과 사물이 인터넷 통신망으로 연결(초연결성)된다. 또 이 초연결성으로 비롯된 막대한 데이터를 분석하고, 일정한 패턴을 파악하여 분석한 결과를 토대로 인간의 행동을 예측한다.

제4차 산업 혁명의 흐름에 올라타면
승자로서 인생을 즐길 수 있다

산업이 발달할수록 새로운 기술과 기술적 혁신이 나타나는 기술의 파급속도도 급격하게 빨라지고 있다. 1876년 벨(Bell)이 발명한 유선 전화기의 보급률이 10%에서 90%로 도달하는데 걸린 기간이 73년이었다. 그러나 1990년대에 상용화된 인터넷이 확산하는 데 걸린 시간은 20년에 불과했다. 그리고 휴대전화가 대중화되는 기간이 14년이라는 점은 기술발전의 속도와 더불어 기술의 파급력이 급진적으로 빠르다는 점을 보여주고 있다. 즉 새로운 기술이 등장하고 기술적 혁신이 나타나는 주기가 점차 짧아지며, 그 영향력은 더욱 커지고 있다는 것이다.

선진국들은 급변하는 산업 환경에서 다시 한번 재도약의 기회를 얻기 위해 발 빠르게 대처를 하고 있다. 제조업이 강한 독일은 스마트, 디지털 공장으로 더욱 효율적이고 유연한 생산 공정을 가능케 하는 '21세기 초 제조업 전략'을 추진 중이다. 그리고 데이터센터 역할을 담당하는 클라우드가 발달한 미국은 빅데이터를 활용한 클라우드 모델을, 로봇이 발전한 일본은 산업의 로봇화를 추진 중이다.

이런 제4차 산업 혁명의 흐름에 적극적으로 올라타면 승자가 될 수 있지만, 낙오하면 다른 국가나 기업에 일자리를 빼앗길 수밖에 없다. 재능과 기술을 가진 사람과 이를 적극적으로 발굴하고 창조하는 기업은 빠른 속도로 성장하지만, 그렇지 못한 개인과 기업은 도태될 것이다.

현재 7세 이하 어린이가 사회에 나가 직업을 선택할 때가 되면, 65%는 지금은 없는 직업을 갖게 될 것이라고 한다. 앞으로 뛰어난 인공지능을 지닌 기계가 현재 우리의 일자리를 다 뺏을 거라는 이야기다.

스위스 금융그룹(UBS)에 따르면, 제4차 혁명의 적응 순위를 보면 한국은 25위다. 나라별 제조업 혁신도는 독일은 83%, 한국은 36%이다. 현대자동차나 벤츠가 구글, 애플과 같은 IT 기업의 하청으로 전락할 수도 있는 대변혁이 바로 제4차 산업 혁명이다.

오늘도 매스컴에서 금속노조는 임금협상이 결렬되어 파업을 결정했다는 뉴스가 나오고, 또 다른 매체에서는 미국 플라스틱 회사는 2,600만 원 정도 하는 로봇 직원이 사람 5명의 몫을 해내면서도 불량률은 제로 대이고, 고품질의 제품을 쉬지 않고 만들면서 농성도, 파업도, 임금협상도 없다는 뉴스가 흘러나온다.

이러한 시대에 우리는 인생을 어떻게 살아내야 할지 방향성이 보인다. 시대를 거스르면 인생에서 놓치는 것이 많아진다. 우리는 항상 시대의 흐름을 파악하고 그 흐름을 따라 살아가야 할 것이다.

이젠 제4차 혁명의 시대이다. 인공지능을 두려워하지 말고, 우리가 인생에서 반드시 잡아야 할 기회로 바라보아야 할 것이다. '적을 알면 백전백승'이라는 옛말이 이 시대에도 적용된다는 말이다. 인공지능이 우리의 일자리를 빼앗겠지만, 인공지능을 제대로 알면 우리가 지킬 수 있는 일자리를 알게 된다는 뜻도 되는 셈이다. 인생을 제대로 누리기 위해서는 바로 이러한 시대의 특징을 잘 꿰뚫어서 적극적으로 활용하는 것이 필요하다.

우 리 의 인 생 을
제 대 로 누 리 기 위 한 비 밀 병 기 ,
창 의 성

—

지금 세상은 창의력 시대다. 소위 정보혁명으로 불리는 제3차 산업 혁명을 넘어 이제는 제4차 산업 혁명이 시작되었다고 앞에서 말한 적이 있다. 초연결(hyperconnectivity)과 초지능(superintelligence)을 특징으로 하는 제4차 산업 혁명의 물결 앞에서 모든 인간은 인공지능이 대체할 자신의 미래에 대해 불안해 하고 있다. 그런데 이 제4차 혁명에 대비하는 해결책 역시 '창의성'이 키워드이다.

인간이 인공지능에게 이길 수 있는 단 하나의 길은 창의성을 발휘하는 것이다. 그것만이 제4차 산업 혁명의 물결이 세상을 휩쓸더라도 우리가 인공지능에게 자리를 빼앗기지 않고, 인간의 존엄성을 지키는 길이기도 하다.

중국의 알리바바 창업자, 마윈은 가난한 배우 집안에서 태어나 수학 문제는 101문제 중에서 1문제를 풀 정도의 실력이었다고 앞에서 한 사례로 이야기했다. 그런데 여기서도 마윈의 이야기는 필요하다. 그는 24명 중 23명의 아르바이트생을 뽑는 데서 유일하게 떨어졌는데도 전혀 굴하지 않고, 무일푼으로 시작했다. 그리하여 자신의 창의력으로 불과 20년 만에 아시아 최고 부자이고, 세계 15위 부자가 되었다.

어떻게 그럴 수 있느냐고? 바로 무(無)에서 유(有)를 탄생시키는 것이 창의성의 힘이다. 마치 마법 같지만, 창의성은 우리 안에 있다. 단지 우리가 창의적인 요소를 끌어낼 생각조차 하지 않고 있는 것이 창의성을 가로막는 장애물일 뿐이다.

콜럼버스의 달걀처럼 인생도 그렇게

창의성은 그리 거창한 것에서 시작하지도 않는다. 하늘 아래 새로운 것도 아니다. 창의적인 생각은 기존에 존재하던 것을 재배열하는 것에서부터 출발한다. 마치 콜럼버스의 달걀과도 같은 것이다. 알고 보면 단순해 보여도, 그 생각의 단서를 먼저 떠올리지 못하는 차이에서 창의적 인간과 그렇지 못한 인간의 차이가 갈린다. 그것은 간단해 보여도 하늘과 땅의 간극처럼 멀다.

콜럼버스는 기나긴 신대륙 항해를 마치고 돌아왔다. 이런 콜럼버스를 축하하기 위해 거대한 파티가 열렸다. 많은 사람이 콜럼버스의 귀환을 축하해주고, 그의 업적을 추켜세워 주었다. 하지만 으레 남의 성공에 대해 질투를 하는 사람들이 있기 마련이듯, 어떤 사람들은 콜럼버스를 시기했다.

그래서 콜럼버스의 업적에 관해 누구나 할 수 있는 쉬운 일을 한 것처럼 비아냥거렸다. 콜럼버스는 이러한 사람들에게 대놓고 뭐라고 하지는 않았다. 대신에 그 사람들에게 한 가지 문제를 냈다. 바로 달걀을 세워볼 것을 요구했다.

그러자 파티에 모인 그 누구도 달걀을 세우지 못했다. 이에 콜럼버스는 달걀을 살짝 깨뜨렸다. 그리고 탁자 위에 달걀을 세울 수 있었다. 그 장면을 본 사람들이 "뭐 별것 아니네!"라면서 다시 콜럼버스를 조롱했다. 콜럼버스는 그런 사람들에게 이렇게 말했다.

"누군가를 모방하는 건 쉬워 보이지만, 무슨 일이든 그걸 처음 생각하는 것은 어려운 겁니다."

창의성은 이와 같은 이치다. 바로 '콜럼버스의 달걀'처럼 하고 나면 너무 쉬워 보이지만, 그걸 처음으로 생각해내는 것은 아무나 할 수 있는 일이 아니다. 그 고정관념을 깨뜨리고, 생각의 틀을 깨고 나오는 것이 힘든 것이다.

창의력이란 '콜럼버스의 달걀'처럼 생각의 전환에서 시작된다. 이러한 창의력을 자신 안에서 발견할 때, 제4차 산업 혁명 시대에 제대로 대처하는 것이다. 그리고 이 창의성이 있어야 인생을 풍요롭게 누릴 수 있다. 그것은 물질적인 것도 있지만, 정신적인 것도 해당된다.

창의성이 있는 사람은 막다른 골목에 이르러서도 국면을 전환할 획기적인 아이디어를 갖고 있다. 그래서 불행을 행복으로 바꿔서 바라보는 참신한 발상도 생각해낼 수 있는 것이다. 창의성은 이래저래 우리 인생을 즐겁게 누릴 수 있게 해주는 원동력인 셈이다.

창의성으로 인생 구하기

이 이야기는 평범한 회사원의 아내로, 집안에서 살림만 하면서 행복하게 살던 S씨의 이야기다. 그녀는 어느 날 갑자기 남편이 출장 중에 사망했다는 소식을 듣게 된다. 몇 날 며칠을 어린 자녀들과 함께 슬픔에 잠겨 있던 그녀는 어느 날, 긴 한숨을 내쉬면서 자리를 털고 일어났다. 그리고 어린 자식들과 살아갈 것을 고민하던 그녀는 남편의 사망 위로금을 밑천 삼아 음식 장사를 하고자 마음을 먹었다.

그런데 막상 사업을 시작하려 하니 만에 하나라도 사업에 실패하면 어린 자식과 함께 길거리로 쫓겨나 노숙자가 되어야 할지도 모른다는 막연한 불안감이 밀려왔다. 그녀는 수많은 고민 끝에 망하지 않고 100% 성공하는 대박집 프로젝트를 준비한다.

그 망하지 않고 100% 성공하는 대박집 프로젝트 사업의 비결은 다음과 같았다. 첫 번째는 철저한 준비고, 두 번째는 남보다 더 흘리는 땀방울이며, 세 번째는 간절한 소망을 담은 행운이라고 그녀는 생각했다.

'첫 번째의 철저한 준비'를 생각하던 그녀는 그 대안으로 전국에서 유명한 대박집 20곳을 선정한 후, 1년 동안 한 집에 15일씩 취업해 그 집만의 노하우를 10가지씩 찾기로 결심했다.

이렇게 오랫동안 준비한 대박집 프로젝트를 실행하는 동안 이상한 사람이라고 문전박대를 당하기도 하고, 서툰 솜씨로 일을 하면서 다치기도 했다. 그러나 1년을 참고 열심히 노력한 결과, 전국 유명 대박집의 노하우 200여 개가 그녀의 손에 들어왔다. 그녀는 1년여 동안 고생한 것을 생각하면서 200여 개의 노하우를 하나하나 꼼꼼히 살폈다. 그리고 자신에게 잘 맞는 10여 개를 선택해서 창업하여 대박집으로 성공하게 되었다.

그러나 그녀는 대박집의 명성을 잃지 않기 위해 지금도 한 달에 한 번씩 새로운 대박집을 선정해 직접 그 집을 체험하고 새로운 특색을 찾아 자신의 집에 적용하고 있다고 한다.

'하늘은 스스로 돕는 자를 돕는다'고 했다. 이 말은 '스스로 돕지 않는 자는 돕지 않는다'는 말이기도 하다. 내가 최선을 다했을 때, 하늘도 내게 기회를 주는 것이다. 자신을 돕기 위해선 이 사례의 S씨처럼 인생을 구하기 위한 창의적인 발상을 생각해 내야 한다. 남편이 갑자기 사망하는 불운 속에서도 S씨는 그냥 좌절만 하지 않았다. 인생의 그 막다른 골목에서도 그녀는 자신 앞에 가로막힌 장벽만을 바라보지 않고, 자신의 인생을 전환할 아이디어를 떠올렸다. 어떤 상황에서도 새로운 발상을 생각하는 창의성, 인생을 다른 관점에서 바라보는 창의적인 사고는 절망적 순간에도 자신의 인생을 구해서 그걸 누릴 기회를 제공한다는 사실을 잊지 말자.

과도기를 잘 활용하면
인생의 전환점을
만들 수 있다

—

과도기는 모든 사람에게 기회다. 다만, 그 기회가 무엇인지를 알고 행동하는 사람의 것이지만 말이다.

다음은 어느 산골 마을에 있었던 이야기다.

남의 집에서 머슴(일꾼)으로 세경을 하나도 낭비하지 않고 열심히 저축하며 사는 오 씨가 있었다. 그가 그렇게 성실히 일하는 모습을 보고, 주인집 아저씨가 주선하여 인근 마을의 어여쁜 아가씨와 결혼을 하게 되었다. 예쁜 아가씨와 결혼을 한 오 씨는 그 예쁜 색시를 행복하게 해주기 위해 밤낮으로 더 열심히 일하며 살았다.

그런데 난봉꾼인 주인집 아들이 자기 집 머슴의 색시가 너무 예쁜 것을 탐내고, 성희롱한다는 사실을 알고 아내를 지키기 위해 마을을 떠나 서울로 이사하게 되었다.

이렇게 서울로 올라온 오 씨는 예쁜 아내를 행복하게 해주기 위해

갖은 고생을 하며, 험한 일도 마다하지 않고 열심히 일했다고 한다. 그러던 중 전쟁이 나고, 다시 전쟁이 끝난 후 마땅한 일자리가 없던 그는 전쟁 중에 버려진 물건들을 모아 파는 고물상을 하게 되었다. 지천으로 널린 고물을 주워 팔다 보니 많은 돈을 벌게 되었고, 이렇게 모은 돈으로 을지로에 땅을 샀다. 그리고 이 땅에다가 호텔과 극장 등을 짓고, 많은 돈을 모았다. 이후 고향 마을에 찾아와 마을 주민들을 위해 마을 회관까지 지어준 사람으로, 마을에서 그의 이야기는 항상 화제로 떠올랐다. 6·25라는 과도기가 그에게 이런 인생의 전환점을 마련해준 셈이었다.

우리의 인생에서는 이렇게 과도기가 뜻밖의 기회를 제공해주기도 한다. 그것은 아무나 잡을 수 있는 건 아니다. 항상 시대의 흐름을 파악하고, 과도기가 왔을 때 그 기회를 낚아채는 사람만이 얻을 수 있는 행운이기도 하다.

우리가 사는 이 시대도
기회를 얻을 수 있는 과도기

우리는 IMF라는 과도기도 겪은 적이 있다. IMF는 많은 사람에게는 불행한 기억으로만 남겨져 있다. 하지만 이 IMF를 겪으면서 또 어떤 사람은 벤처에 열광했다. 이로 인해 새로운 IT 기업들이 탄생해

지금의 세상을 주도하고 있다.

내가 알고 있는 어떤 사람은 1997년에 IMF를 만나 많은 공장이 폐업해서 버려진 기계들을 고철값으로 사들였다. 그리고 이것을 자동화 기계로 만들어 팔아, 엄청나게 많은 돈을 벌었다.

바로 IMF라는 과도기의 기회를 자신의 것으로 활용했던 사람인 것이다. 이처럼 과도기에 변화를 시도해서 자신의 삶을 변화시킨 사람들을 보면서 과도기는 '기회의 시기'라는 것을 새삼 깨닫게 된다.

앞에서도 말했지만, 지금은 제3차 산업사회에서 제4차 산업사회로 변화가 되는 시기이다. 다시 말하면, 지금도 과도기라고 할 수 있다. 우리가 지금 이 과도기를 어떻게 잘 활용할 수 있느냐에 따라 다음 시대의 삶이 달라질 수 있다는 이야기다.

우리가 사용하고 있는 줄자의 특성을 보면 강철로 되어 있어 줄자가 꼬이면 측정이 어렵고, 또한 곡면이나 멀리 떨어진 곳의 측정도 어렵다. 그리고 측정하는 과정을 보면 먼저, 길이를 측정하고 다음에 그 측정한 것을 공책이나 수첩에 다시 기록해야 하고, 그것을 다시 필요한 곳으로 옮겨 사용해야 하다 보면 번거롭고 정확한 치수를 측정하기가 어렵다. 이 사실을 발견한 젊은 친구들이 인공지능을 활용하고 블루투스와 앱을 이용해 이런 문제를 해결했다. 그리하여 멋진 제품을 선보이며 세계시장에 발을 내디디고 있다.

제4차 산업사회에 대한 심리적 무장해제부터

이제 제4차 산업도 우리 삶 속에 이미 일정 부분 들어와 있다. 하지만 대부분은 입으로는 모두 제4차 산업 이야기를 하고 있으면서 무엇을 어찌해야 할지 모르고 시간만 낭비하고 있다. 앞으로의 사회는 제4차 산업을 알고 실행하는 사람들에게 더 많은 기회가 주어진다. 그래서 제4차 산업을 단지 입이나 머리로 아는 것이 아니라, 알고 실천하는 것이 중요하다.

그렇다면 우리는 오늘의 이 과도기를 어떻게 준비하고 맞이해야 할까. 일단은 제4차 산업이라는 것에 관심을 가지자. 관심만큼 중요한 시작은 없다. 사람을 잘 알기 위해서도 물론이지만, 다른 것들도 모두 관심을 가져야 그 출발점에 설 수 있다. 제4차 산업의 핵심이라고 할 수 있는 인공지능에 대해 우선 마음의 무장해제부터 해보자. 인공지능은 대단히 멀리 있는 것이 아니다. 일단 아주 간단하게는 로봇청소기가 인공지능이다. 우리 생활 속에 들어와 있는 똑똑한 가전제품에 대해 친숙해지자. 그리고 친구처럼 대하는 마음을 가져보자. 일단 그렇게 되면 인공지능에 한 발자국 가까이 다가간 셈이다.

물론 청소기조차 새로운 기능이 탑재되어 나오면 낯설어하고 힘들어하는 사람들도 있을 것이다. 하지만 낯선 존재는 자주 대하면 곧 친밀한 존재가 된다. 처음부터 익숙한 존재나 일은 없는 법이다. 자주 그 새로운 기능을 사용하면 곧 친숙해진다. 복잡한 기능이 가득 담긴 가전제품이 멀리 느껴진다면 이렇게 생각해보자. 이 기계를 만든 사람도 사람이고, 나도 사람이다. 게다가 이 기계는 사용자의 편리를 위해 나온 것인데, 내가 사용하기 쉽게 설계된 것이지 나를 골탕 먹이기 위해 나온 것이 아니라는 전제를 항상 기억하면서, 새로운 기계에 대한 마음의 저항감을 줄여보도록 하자. 이러한 생활 속의 첫걸음이야말로 제4차 산업 사회에 다가가기 위한 출발점이다.

진정으로 제4차 산업을 준비하고 실천하기 위해 도전하는 사람들은 어쩌면 모두 오늘은 힘들지만, 내일은 더 힘들 것이다. 그렇지만 모레는 아름답다는 것을 기억하고 꿈꾼다면, 오늘의 힘든 일도 행복해질 수 있을 것이다.

같은 오늘은 두 번 다시 찾아오는 일이 없듯이, 오늘의 과도기의 기회도 다시 오지 않는다. 같은 일상 같지만 같은 날은 절대 오지 않듯, 같은 기회도 없다는 것을 기억하자. 그리고 이 과도기에 살게 된 것을 행운으로 여기고, 이 시대가 우리에게 주는 인생의 기회를 놓치지 말도록 하자. 자, 그럼 지금 당장, 제4차 산업사회에 대한 심리적 무장해제부터 시작하도록 하자.

행 복 한 집 에 서
우 리 가 누 려 야
할 것 은

—

가장 소중한 어린 시절의 기억은 대부분 집안에서의 경험과 많은 관련이 있다. 잠자리에서 이불을 뒤집어쓰고 형제끼리 놀던 일이나, 명절날 가족 등이 모여 전통 행사를 하던 일이라든가, 이 모두가 아름다운 추억이고 집안에서만 얻어지는 이야기들이다.

나는 강의할 때, 부부싸움을 하거나 가정에 불화가 생기면 앨범을 거실 탁자 위에 펴놓고, 스트레스를 받거나 화가 나면 집안에서 행복했던 기억을 떠올려 기분을 바꾸라고 한다. 그 이유는 행복한 순간에 사진을 찍고 행복한 기억을 떠올릴 때 행복한 미소를 지을 수 있기 때문이다. 그렇기에 집안에서 이러한 경험을 의도적으로 만드는 것은 매우 중요하다.

내가 중학교에서 근무할 때의 일이다.

어느 날 학생들과 이야기하는 중에 집안에서 생활이 행복한 사람을 조사했던 일이 있다.

"집안에서 행복하다고 생각하는 사람은 손들어 봐."

나의 이 소리에 처음에는 망설이다가 손을 들기 시작하는데, 의외로 가정형편이 어렵고 정말 작은 집에 사는 학생이 손을 들며 이렇게 말했다.

"저요! 저는 우리 집이 너무 행복해요. 집이 조금 비좁기는 하지만, 좁다 보니까 가족이 함께하는 시간이 많아 정말 행복해요."

나는 너무 뜻밖의 말을 듣고, 무엇이 그렇게 행복한지를 물었다. 그랬더니 그 학생이 하는 이야기는 다음과 같았다.

"우리 집은 부엌이 딸린 단칸방에 사는데요. 그러다 보니 항상 가까이에 아빠가 있어서 함께 장난도 칠 수 있고, 함께 이야기할 수 있어 행복해요."

이 학생은 이렇게 말하면서 해맑게 웃는다.

이 학생의 이야기를 들으며, 나는 아빠가 참 너그러운 분이시구나 하는 생각이 들었다. 그런데 이 학생과는 반대로 정말 집안이 넉넉하고, 큰 평수의 집에 사는 학생이 손을 들지 않고 있었다. 그래서 나는 혹시나 하고 물었다.

"너는 행복하지가 않니? 집도 넓고, 네 방도 따로 있고, 부모님의 보살핌도 좋을 텐데."

이때 그 학생은 시큰둥한 반응으로 반문했다.

"무슨 말씀이세요? 저는 우리 집이 너무 좁아요. 내 방이 있으면 뭘 해요. 맨날 등 뒤에서 감시하는 눈이 있는데요. 감시의 눈이 없는 집에서 살아 봤으면 좋겠어요. 저는 집이 너무 싫어요. 부모님과 더 멀리 떨어져 살았으면 좋겠어요."

행복은 집의 평수와 비례하는 것은 아니다

서울 시내에서 결혼하는 신혼부부들의 첫 번째 목표는 전셋집으로 이사 가는 것이고, 두 번째 목표는 내 집을 장만하는 것이고, 세 번째 목표는 큰 평수의 집을 마련하는 것이란다. 이 계획을 세우고 열심히 살면서 어렵게 그것을 이루고 나면, 애들은 이미 다 장성하고 본인은 나이를 먹어 사회에서 은퇴해야 할 시기가 돌아오게 된단다.

큰 집을 장만하려 하다 보니 많은 것을 희생하게 되고, 그 희생 뒤에는 자녀들의 희생이 따랐던 것은 당연하다. 하지만 얻은 것은 큰 집이었지만, 잃은 것은 무엇일까. 또한, 그 잃은 것은 다시 회복할 수도 없는 가족들과의 추억들일 것이다.

이젠 조금씩 저물어가는 나이에 삶의 목적이 무엇이었던가를 찾게 되면서 가끔 자문해본다. 나는 무엇을 위해 살았고, 무엇이 인생에서 가장 소중한 일이었던가를. 정작 큰 평수의 집에 사는 것이 우리 삶의 목표가 될 수는 없을 것이다.

우리 삶의 보람된 가치는 내 자녀를 행복하게 만들고, 스스로 자기 몫을 할 수 있게 키우는 것이 아닐까. 또 부모와의 관계를 원만하게 유지할 수 있게 하는 삶이라면 후회 없는 것이 아닐지.

물질적인 것이 정신적인 것을 앞선다고 할 수 없다. 옛말에 부자라고 네 끼를 먹는 게 아니라는 말이 있다. 인간이 먹을 수 있는 양은 큰 차이가 없다. 그리고 우리나라는 이제 부자와 가난한 사람이 먹는 것의 차이는 별로 없어졌다. JTBC의 〈한 끼 줍쇼〉라는 프로그램을 보노라면, 부자나 보통인 가정이나 먹고 사는 건 큰 차이가 없다. 모두 다 밑반찬에, 가끔은 고기에, 밥에 비슷하다. 하늘과 땅 차이가 날 만큼 크지는 않다. 사는 것도 다만 그 집이 있는 동네가 땅값이 비싼 동네냐, 아니냐의 차이일 뿐이다. 집이라는 공간에서 가족끼리 오순도순 행복을 쌓아가는 건 비슷하다.

큰 평수냐, 작은 평수냐, 혹은 땅값이 비싼 동네냐, 아니냐가 그 사람의 행복을 담보하진 못한다. 자기가 사는 공간을 행복하게 혹은 불행하게 만드는 건 돈이 아니라, 그 사람의 마음이다. 그 공간을 따뜻한 가족애로 채우느냐, 그냥 서먹서먹한 공기만으로 채우느냐는 자신의 몫이다. 그러므로 집 평수나 사는 동네에 상관없이 가족끼리 화목하게 살면 그 집은 누가 봐도 행복한 집이다. 그렇지 않으면 아무리 넓은 집이나 땅값이 비싼 동네에 살더라도 누구에게나 그 집은 썰렁하게 보일 것이다.

행복은 시간을 담보로 한다

오늘 하루도 어느 집에서는 웃음소리와 노랫소리가 나오는데, 또 어느 집에서는 다툼과 울음이 높아지는 소리가 들린다. 그것은 결코 집의 크기와 상관관계가 있는 것이 아니고, 그 집에 사는 구성원들의 마음의 넓이에 비례해서 새어 나오는 소리이다. 행복한 집은 넓은 집도, 화려한 집도, 호화로운 가구가 있는 집도 아니다. 마음이 넉넉하고 넓은 가족이 사는 집이 행복한 집이다.

이처럼 행복한 집은 행복한 사람들이 만든다. 행복한 가정은 행복한 가족이 채워간다. 행복한 가족은 행복한 추억으로 성장해간다. 이처럼 행복은 시간을 담보로 한다. 서로 너무 바빠서 함께하지 못하면 그 시간은 가족의 추억과는 상관없이 흘러가 버리는 시간이다. 한참 뒤에 정신이 들어서 돌아보면 가족과 함께한 시간은 얼마 없다. 그래서 같이 뭔가를 해보려고 해도 서먹하거나, 다 자라버린 자녀들과 이제는 노인이 되어버린 부모는 그 시절과 똑같은 추억을 만들 수는 없는 것이다.

인생에서 어디에 방점을 찍어야 할지 우리는 가끔 혼동할 때가 많다. 바쁜 가장들은 "이게 모두 가족을 위해 하는 일이야"라며 함께할 시간을 흘려보낸다. 하지만 소위 요즘 떠오르고 있는 '일과 삶의 균형'이라는 의미인 'Work-life balance'의 워라밸을 굳이 말하지 않더라도, 우리는 인생에서 무엇이 중요한지 곰곰이 생각해보면서 살아야 한다. 시간은 하염없이 흐른다. 그리고 우리가 함께할 수 있는 시간은 생각만큼 그리 길지 않다. 인생은 한순간이라는 걸 잊지 말자. 그렇다면 가장 소중한 사람들은 누구인가. 그리고 우리에게 가장 소중한 시간은 언제인가.

사실 세상에는 참 많은 사람이 있다. 하지만 우리가 살면서 그 많은 사람을 다 만나보고 살 수도 없다. 현실적으로 불가능할 뿐만 아니라, 그럴 필요도 없다. 그리고 인생을 다 살아보면 결국 가족 사이가 원만한 사람이 세상 사람들과도 둥글둥글하게 별 갈등 없이 잘 지낼 수 있다는 삶의 진리를 깨닫는다. 개인이 태어나서 만나는 가장 최초의 사회는 바로 가정이기 때문이다. 따라서 우리 아이가 잘 자라기 바란다면 가족 간에 따뜻한 정을 느끼는 아이로 자라도록 보살펴야 한다는 것이다.

이때 우리가 투자해야 할 건 돈이 아니라, 바로 시간과 관심이다. 시간은 기다려 주지 않는다. 시간은 저축도 안 된다. 그때 그 시절의 시간은 바로 무엇과도 바꿀 수 없는 천금 같은 가치를 지니고 있다. 한번 흘러간 시간은 돌아오지 않는다. 가족과 함께할 시간 역시 제자리에 있지 않고, 빠르게 흘러간다. 그 시간을 누려라. 그래야 행복이 우리 곁에 오래 함께할 수 있을 것이다. 〈끝〉

우리 인생은 순간순간의 판단이 만들어가는 것이다.

우리가 인생에서 놓치지 말아야 할 것들

초 판 1쇄 인쇄 | 2018년 7월 27일
초 판 1쇄 발행 | 2018년 8월 6일

지은이 | 전인기, 전주영
펴낸이 | 조선우 • 펴낸곳 | 책읽는귀족

등록 | 2012년 2월 17일 제396-2012-000041호
주소 | 경기도 고양시 일산서구 대산로 123, 현대프라자 342호(주업동, K일산비즈니스센터)

전화 | 031-944-6907 • 팩스 | 031-944-6908
홈페이지 | www.noblewithbooks.com
E-mail | idea444@naver.com

출판 기획 | 조선우 • 책임 편집 | 조선우
표지 & 본문 디자인 | twoesdesign

값 12,000원
ISBN 978-89-97863-92-1 (03810)

• • •

이 도서의 국립중앙도서관 출판예정도서목록(CIP)은
서지정보유통지원시스템 홈페이지(http://seoji.nl.go.kr)와
국가자료공동목록시스템(http://www.nl.go.kr/kolisnet)에서
이용하실 수 있습니다.
(CIP제어번호: CIP2018022497)